武士花园

[美国] 盖尔·月山 著
雷淑容 译

THE SAMURAI'S GARDEN

Gail Tsukiyama

译林出版社

图书在版编目(CIP)数据

武士花园 / (美)月山(Tsukiyama, G.)著；雷淑容译.
—南京：译林出版社，2014.6
(盖尔·月山作品)
书名原文：The samurai's garden
ISBN 978-7-5447-4316-7

Ⅰ.①武…　Ⅱ.①月…　②雷…　Ⅲ.①长篇小说-美国-现代　Ⅳ.①I712.45

中国版本图书馆CIP数据核字(2014)第081180号

书　　名　武士花园
作　　者　[美国] 盖尔·月山
译　　者　雷淑容
责任编辑　金　薇
原文出版　St. Martin's Griffin, 1996
出版发行　凤凰出版传媒股份有限公司
　　　　　译林出版社
出版社地址　南京市湖南路1号A楼，邮编：210009
电子邮箱　yilin@yilin.com
出版社网址　http://www.yilin.com
经　　销　凤凰出版传媒股份有限公司
印　　刷　江苏凤凰通达印刷有限公司
开　　本　880毫米×1230毫米　1/32
印　　张　8.25
插　　页　2
字　　数　169千
版　　次　2014年6月第1版　2014年6月第1次印刷
书　　号　ISBN 978-7-5447-4316-7
定　　价　32.00元
　　　　　译林版图书若有印装错误可向出版社调换
　　　　　(电话：025-83658316)

谨以此缅怀

托马斯·扬

没有人说话，
主人，客人，
白色的菊花。

——大岛蓼太

目 录

第一部

秋

日本，垂水　1937 年 9 月 15 日

我打算自寻出路，于是我说服了父亲，他同意我今天早晨独自出发，离开他在神户的公寓，到祖父在垂水的海滨之屋去。我花了差不多两个礼拜的时间才说服他——你会以为我还是个孩子，而不是一个已经二十岁的年轻人吧？这看起来不过是一个小小的胜利，但是几个月以来我几乎一无所获，所以它对我而言意味着全部——甚至也许是我康复的开始。临行前，我买了这本和式羊皮纸笔记本，想用来记录生活赐给我的其他奖赏，如果我足够幸运的话。现在，它在我面前打开，薄薄的纸，沙白色，就像村头的海滩，空旷而宁静。

自从去年春天我在广州发病，时间就再也不属于我自己了。我虚弱不堪，无法继续在岭南大学的学业，导师便命我卷起铺盖回了家。多亏有朋友金帮忙，他陪着我坐火车回香港，一路上无微不至

地照顾我。我永远也忘不了当我到达家门口的时候母亲眼里惊恐的神情,就像一头动物被她的幼崽吓着了。我咳个不停,上气不接下气。当金和男佣扶我走上家门口的水泥台阶时,母亲站在那里迎接我。她身穿一袭绿色的丝绸旗袍,嘴巴紧紧地抿成一条线,似乎在竭力控制不让自己失声尖叫出来。一回到家,我马上就被母亲小心翼翼地看护起来,当然还有我们的老用人清。两个女人对我亦步亦趋,好像我会在她们面前消失似的。有时候,她们看我的样子,似乎已经把我当成了回忆。

我理解她们的担心。我的生活依然不时地被高烧和持续的干咳打乱。整个夏季黏稠、潮湿,炎热使得这一切更加恶化。当我的病被一个英国医生诊断为肺结核时,母亲给远在神户的父亲发去了电报。她的关心接下来变成了恐惧,她甚至禁止我的小妹妹佩内洛普——打小我就叫她小派——到我房间里来。

每天早晨,小派就站在门槛上,朝我微笑。她看起来比她的实际年龄——十二岁——要小一些。我们家一共有四个孩子。大妹安妮和小弟亨利现在在澳门上学。一出生父母就给我们取了教名,因为父亲深信,这些名字在商务中价值可观,西洋人称呼起来也很顺口。因了这样的远见卓识,他的进出口生意自然十分红火。对他而言,他在日本的公寓更像是他的家,而不是我们在香港的房子。他一生就在这两个地方转。在我看来,有时他低眉顺眼的样子更像个日本人,而不是中国人。

七月底,香港进入酷暑,我的病情也时好时坏。一种凝重的寂静降临到我们家里,似乎每个人的动作都变得迟缓了。母亲比以往更焦虑了。两天后,收音机里传来消息,日军占领了天津,包围了北京。

八月的香港令人窒息。好几个下午我几乎无法正常呼吸。父亲来信说:“把斯蒂芬送到神户这里来吧,我会带他去垂水。那里的气候干燥一些,空气也要比香港清新许多。”母亲让清替我准备去日本的行李。与此同时,日军占领了北京,他们把军舰开到了上海滩。我讨厌离开家人和朋友,虽然我也不被允许见他们。我感到前所未有的孤独。

有时候我不禁想,我在垂水的日子将会是一片死寂。不过至少那里海风和畅,比香港的闷热和潮湿好多了。

八月底,日军占领了上海,战争陷入残酷的持久战。成千上万的难民从内地逃出来,在香港拥挤的大街小巷搭起临时窝棚。在去港口的路上,闻得到他们沿街做饭的油烟味,也看得到一张张枯瘦、凄凉的面孔,祈求施舍和怜悯。在九龙码头,母亲和小派向我和清挥手告别,她们看起来也如痛失亲人一般。当母亲认为我已经消失在人群中后,她才用镶着白色蕾丝花边的手绢擦拭眼泪。

“威尔逊总统号”轮船一路开向日本,如果我不层层叠叠地裹上至少三层毛衣,清绝不肯让我到沐浴着阳光的甲板上坐一会儿。当我们终于抵达神户的时候,她紧紧地靠着我,向我愤愤地低语道:“这些该死的日本鬼子,让我们中国人无家可归。”我从出租车的窗户看出去,人流熙熙攘攘,不过除了一小撮士兵扛着枪四处闲逛外,眼前的日本人看起来并没有什么危险。清丢下我跟父亲在一起,就急急忙忙地回香港去了,我终于松了一口气。

父亲在他的公寓里等着我。我注意到,当我出现在他面前时,他的身体突然紧了一下——他显然吃了一惊——不过他隐忍着，没有表现出来。

“斯蒂芬，”父亲说，“见到你真高兴。”他审视了一番我烧得通红的脸和瘦得不能再瘦的身体，然后一把抱住我，摸了摸我的鬈发。我的头发因为不像大多数中国人那样直直的，一直深得他的喜爱。然后，他退后一步，轻轻地说：“今天晚上，我们能吃到实千代做的寿喜烧。”

神户只比香港稍微凉快一点儿，而实千代也像清那样，寸步不离地照看着我。父亲加班加点地工作，压根儿不能如他所期望的那样带我去垂水。整个中国的运输都中断了，他的生意也吉凶未卜。实千代越是小题大做地让我休息、吃饭，我就越是一样也做不到。有一天我突然想到，不对啊，我为什么不可以自己去垂水呢？

今天早上，我起得很早，穿好衣服，在父亲来叩门叫我之前就收拾好了行李。我轻装简行，只带了一套西服，几件便装，几本书，以及一些油画颜料和两册画纸。父亲答应会很快给我寄一些画布来。

我们坐车去火车站，一路无话，父亲只是问了两次我是否真的可以独自出门旅行，即使我的咳嗽已经大大缓解。我们到达车站的时候，父亲突然转过身来，问道：“你带的钱够吗？”

“是的，您给的已经够多了。”我回答道，立刻下意识地用手摸了摸夹克口袋里的钱包。

“你可以随时打市区的电话号码找到我。”

“知道了，爸爸，我知道了。”我说。这是两个礼拜以来他一直在叮嘱我的事情。

“照顾好你自己最重要，要多休息，画画别太累。”父亲说这话的时候，眼睛看着别处——每次说到画画的事情都很尴尬，因为他认为这个爱好纯粹是浪费时间。

“我不会的。”我回答道，心里唯一感到欣慰的是，自己一个人逃到垂水去，正好就有更多的时间画画了。

父亲离开我一小会儿，去确认行李是否已经安全地送上了火车。他之所以答应我独自旅行，也是因为拍了电报给祖父海滨之屋的用人，让他到火车站来接我。我看见他塞给一个日本搬运工小费，让他在短暂的旅途中照应我。他穿过人群回到我身边，让我上火车安顿好。他紧紧抓住我的手。

“过一两周我就来看你。”他说。

“您别为我担心，”我一边上车，一边安慰他说，“我不会有事的。”

我隔了车窗看着父亲，他个子不高，穿一身黑色的双排扣西装，戴一副薄薄的无框眼镜，站在一群日本孩子旁边。父亲通常显矮，然而当火车启动，他向我挥手再见时，我发现，在昏暗的光线里，他看起来挺高大的。

火车只是半满，乘客多半是上了年纪的男人和女人，还有一些拖儿带女的母亲，她们语速飞快，三三两两地交头接耳。我听得出来，她们多半在谈孩子。火车终于驶出郊外，我看着田野风光飞快地从车窗外掠过，不禁心旷神怡。风景比我记忆中更加翠绿，天空一碧如洗，高大的松树顶天耸立，那长长的刺臂我仿佛伸手可及。小时候，母亲曾经两次带我们去垂水避暑。我至今还记得她抱怨天气太热，还有她精美的丝绸画扇——她快摇急扇，身边荡起滞重的热风。

不一会儿，眼前的景色朦朦胧胧起来。我感觉眼睛发热，困意袭来。这是我从香港离开家人之后第一次完全独处。虽然几个小时前我还跟父亲在神户，母亲也计划几个月后来看我，现在，我感到既有点害怕，又对未知的一切充满了好奇。

一个小女孩沿着过道走过来，朝我这边看。我抬头微笑着看她，她却又害羞地低下头，急急忙忙地跑到她母亲那里去了。她让我想起了小派——通常情况下，她会停下来，跟陌生人寒暄几句，以满足自己的好奇心。小派一直是我最喜欢的人，她长着圆圆的大眼睛，扎着麻花辫。我之所以被送到垂水来，部分原因也是为了避免传染给她。她还小，在我们几个兄妹中最爱生病。与她的脆弱相对应的，是她机灵和锐利的眼睛，以及她爱戏弄人的天性。她和亨利不时为一些小事纠缠不休，还经常演变成打打闹闹。一开始我很担心，后来我才发现，小派其实非常聪明，她知道什么时候适可而止。

我的病确诊后，清一直不让小派接近我。但小派才不管呢，总是不失时机地到我房间里探头探脑。在得知我即将去日本的那个晚上，她趁家里人都睡着了，偷偷潜入我的房间——为让家里人起夜方便，清在卫生间的入口通道留了一盏灯。夜阑人静时分，小派钻进屋来，趴在我耳边轻声呼唤我的名字，把我叫醒。我立刻知道是她，因为我闻到了一股樟脑丸的味道，那是从她那件前襟绣花的无袖黄丝绸睡袍上散发出来的。

“你在这里干什么？”我努力赶走睡意，坐起来，可是我一开口就剧烈地咳嗽起来，赶紧捂住嘴巴。

“你明天要和清去爸爸那里，我来跟你道别的，”她回答道，“我会想念你这张英俊的脸。”

“你不能到这里来，你会生病的。”我能说的只有这句话。走廊微弱的灯光透过来，我依稀看见小派在笑。她伸出瘦弱苍白的手臂，搂着我的脖子，亲吻我的脸颊。她的嘴唇贴着我滚烫的皮肤，感觉凉丝丝的。“赶紧走吧，”我说，“我们很快会再见的。”

小派很不情愿地抽回手臂，跑到门口。“我会写信给你的。”说完这句话，她带上房门，让我置身黑暗之中。

下午，随着火车发出一阵长鸣，慢慢减速，垂水火车站到了，我一直等火车完全停稳了，才站起来。周围，人们在急急忙忙地拿取行李。说是火车站，不过是一间搭在木头平台上的单间木房子。我环顾四周，几个穿和服的日本女人与两三个上了年纪的男人在站台上等待着。我心神不定地靠在座位上，开始搜肠刮肚地回忆麻津——也就是海滨之屋的看护人——长什么样子，却怎么也想不起来。我们上一次来这里已经是好些年前的事了，我只记得在他忙前忙后的时候瞥过他几眼。我有点怕他。那时候他看起来就有点老了，所以当父亲说他就是来车站接我的人时，我吃了一惊。

我等别的乘客下了车，才跟着出去。一些人很快就被接走了，另一些人也各自四下散去。我走到站台中央，放下行李箱，等待麻津的出现，心里已经做好准备自己找到海滨之屋去。天气又闷又热，我汗流浃背，衬衫湿透。我努力回忆房子所在的方向，但是每一条路看起来都大同小异，似是而非。当人群渐渐散去，一个体格魁梧、灰发平头的男子从屋子里走出来。看着他走过来，我忐忑不安。

“你是陈宝林先生的孙子吗？”他在离我几英尺远的地方停下来，问道。他穿着一条卡其布的宽松裤和一件灰色的运动衫。虽然我足足比他高了一英尺，可是在他面前，我觉得自己又瘦又小。

“是的，您就是麻津叔叔吧？”我问。他很拘谨地朝我连鞠几躬，我也如法炮制。我正想开口再说点什么，麻津却已经拎起我的行李箱朝站台走去。在这幢简陋的屋子门前，他停下来，不耐烦地看着我，等我先过去。

父亲告诉我，麻津独自照看祖父的海滨之屋已经三十年了。他的父母去世后，他有两个选择，要么去香港和我祖父的一大家子一起，要么一个人留在日本照看屋子。麻津从孩提时便为我家服务，在他之前，他的父母就一直在替祖父工作。他年近花甲，棕色皮肤显得饱经风霜，待人接物有点冷淡和不耐烦。他看起来是一个宁愿独处的人——不难感觉到，我的出现打扰了他的清静，这让他有点不高兴。

通往海滨之屋的路铺满白沙。一路上热气腾腾，令人窒息。已是黄昏，天空只残留着最后一抹余晖。我们路过几幢竹篱环绕的房屋，越往前走，这样的房屋就越多。这时我已经大汗淋漓。在我前方，麻津沉默地健步如飞，旁若无人。我加快步伐，才勉强跟得上他。越往前走，沿路的细沙就越来越多。咸咸的海风扑面而来，远处沙丘那边，波涛汹涌。一路上，我被这里的安静深深地迷住了——以前我与家人在这里度过的夏天，兄弟姐妹们总是打打闹闹，吵吵嚷嚷，现在则截然不同。在这样的早秋，这里没有他人，只有我，麻津，以及一片纯粹的、白色的寂静。

当麻津在一幢竹篱环绕的房子前停下来时，我早已经筋疲力尽。他咳了一声，向我示意。我的肺火烧火燎，腿也不听使唤。可麻津根本没打算把我当病人看。一路上，他既没有停下来歇一歇，甚至也没问过我一声是否还吃得消。如果妈妈和清跟我在一起，她们一定会大惊小怪，五分钟就会停下来让我喘口气。“斯蒂芬，千万别累坏了，歇会儿，歇会儿，慢慢走。”她们一定会这么大呼小叫，尖尖的嗓音划破空气。

我望着麻津放下行李，上前打开大门。祖父的房子位于马路的右侧，在一个缓坡上。马路对面有一条小路一直通往海边。当年我们一家住在这里的时候，我和亨利赛跑的情景恍然如昨。

麻津示意我先进。我穿过竹篱门，便发现自己已经置身于花园之中。花香四溢，令人陶醉。一棵夏天开花的木棉树，现在依然花团锦簇，房屋之上，两棵巨大的黑松树遮天蔽日。花园的一侧，是一个椭圆形的池塘，水面之下摇曳着或橘色或银色的光芒。池塘四周覆盖着苍翠的苔藓。一架拱形的木桥横跨水面上空，两条由鹅卵石铺成的小径，一条穿过隐秘的花园直通前门，另一条则消失在屋后。路缝里填满了白沙，形成柔软的沙床。

这所房子比我记忆中的显得小一些，不过很舒适，带着一种在拥塞的香港从来没有过的简朴。房子左侧，有一段游廊，可以俯瞰整个池塘。我喜欢曲曲直直的瓦屋顶和向外突出的屋檐。一切都与周围的环境和谐一致。

我们进到玄关，房子的入口处，那里有一张供脱鞋坐的木凳。两双室内拖鞋整齐地并排放在一起。一双明显旧了，紧挨着的一双是崭新的。我穿上脚，感觉既凉爽又舒服。第一次来垂水的那年夏天，我问母亲，为什么进屋之前得换鞋，她说这跟日本民族爱清洁的习俗有关，不愿意把街上的脏东西带进屋，这也是为了让铺在室内地上精致的榻榻米保持整洁的缘故。我发现，从香港肮脏的街道来到这里，换鞋成了一种使人精神振作的仪式。

等我收拾妥当，麻津便带我来到后花园——在这里，我将第一次洗日本浴。在屋子的后面有一个木台，台上有一个木桶，底部开着一扇黑色的小门，我看到里面有一只装煤的铁桶，那是用来烧洗澡水的。

麻津在准备洗澡水，他示意我先洗。旁边有一张坐凳，一个木桶和一条浴巾。一想到要当着麻津的面脱光和洗澡，我就浑身不自在。但是他径自忙着烧水的事情，完全忽略了我的存在。我便不慌不忙地脱了衣服，坐在凳子上，开始涂抹香皂，用浴巾擦遍全身。然后，我用木桶从大水桶里舀了凉水，兜头冲下来，一遍又一遍地冲淋，就像我曾经看父亲所做的一样。在炎热中经过一番风尘仆仆的跋涉后，这样的冲淋真是一种巨大的享受。

我站起来，有点难为情地向浴桶走过去。最近几个月来我消瘦无比，看起来跟一具骷髅差不多。在父亲的公寓里，我总是草草了事，尴尬得连肥皂都不愿意用。

“水热了，”麻津说，压根一点儿都没注意我，“快点进去，尽量待着别动。”

我走上木平台，抬腿跨进浴桶。我往桶里沉下去，水便沿着桶沿漫出来。水蒸气冉冉升起，柏木的清香环绕着我。我的皮肤掠过木桶，有一种光滑细腻的触感。水很烫，但当我如麻津所建议的那样完全不动时，我的身体平静下来。我尽量往后靠着，麻津站在一边，带着一丝不易察觉的微笑，用热水将我环抱。

1937年9月16日

昨晚，我洗完澡写着写着就睡着了。我告诉麻津，我只想在他为我铺好的床上小睡一会儿。他点点头，脸上一副如释重负的表情。我裹上他为我准备的薄棉布和服，沉沉地睡了过去——他也没来打扰我。

我醒来时，发现笔记本还摊在胸前。过了好几分钟，我才想起自己身在何处。我对面的地板上，一只茶盘里搁着一小壶冷茶，还有些红豆糕——那是昨晚我刚到这里时麻津送过来的。

天色尚早，但我已经听到麻津在厨房里走来走去的声音，他在煮什么东西，香味隐隐约约地从厨房飘过来，我顿时觉得饥肠辘辘。我已经很长时间没有胃囊空空的饥饿感了。怕地板太硬，麻津在我的床垫下面垫了几床棉被，但我站起来时还是感觉背部上下有点僵硬。这里的空气更清新一些，我的嗓子有些发干，不过咳嗽已经大大好转，我甚至觉得已经差不多好了。

我拉开门。麻津在屋子后面的厨房里，我于是穿过门厅，去观察昨晚错过的东西。玄关的那边有一条长长的过道，两边各有一间房间，分别用薄薄的障子墙隔开，纸屏风都拉开了，每个房间都对外敞着。主屋大小正好，整整齐齐地排列着六张干净的榻榻米草席。

屋子里没有任何家具,因为不常使用,闻起来有一股霉味。有两座我记得称为壁龛的东西,一个上方挂了一幅简单的卷轴画,旁边地板上有一篮干花;另一个则装了带滑门的橱柜,里面装着供客人来访时就座的坐垫。麻津将屋子收拾得一尘不染。我禁不住想,如果清看到这一切,该会多么心花怒放啊。上一次我们来这里的时候,每天早晨亨利总是拉开滑门,将坐垫扔得满地都是——他从一个坐垫跳到另一个,假装它们是一座座小岛。那一次父亲因为生意上的事情留在神户,母亲大部分时间都独自待在花园里,用一把巨大的红纸阳伞遮挡阳光。

主屋对面是祖父的书房,里面有一张黑漆矮桌,旁边地板上立着一只手工雕琢的象牙瓮。这间屋子以前禁止孩子进入,我走进去,里面明亮清爽,我把手掌印在光滑如镜的桌面上,低头就看见自己衣冠不整的样子:乱蓬蓬的鬈发,空洞的黑眼睛,烧得通红的瘦脸颊以及淡淡的胡须。要不是因为明显消瘦,黑漆桌面映照出的我烧得红光满面的脸,足以给人一种容光焕发的假象。

我的房间在走廊尽头,比主屋小一些但是要明亮得多。在今天这样的早晨尤其如此,障子窗没有树木遮挡,白光透窗而进,屋里的一切东西都清清楚楚。淡绿色的榻榻米带有螺旋图案,颇似天然木材的流畅纹理。抹过灰泥的墙呈沙白色。还有一张矮几、一个靠垫和一座壁龛——壁龛上挂着一幅中国卷轴山水画,画的是奇峰罗列的桂林的山。这是我祖父的作品,打小我就非常喜欢它。醒来就看见它真是一件爽心悦目之事。

✣ ✣ ✣

麻津准备的早餐是米饭加腌菜，配味噌汤。跟他寒暄不到六个词后——包括我会的少得可怜的日语和他低低的几声嘟囔——我带上速写簿，独自向海边走去。一大早的凉风让我从头到脚打了个寒战。

路上空荡荡的。夏末的花香浓郁甘醇，悠悠飘散在空中。我沿着小路往前走，竹篱后面的几座房子还在沉睡中。其余的几幢正在随着屋内的活动慢慢醒来。从竹子的空隙间我看见一两个用人在走动。许多房子都已经搬空了，只有很少的几家留下像麻津这样的用人在照料着。我在想，也许麻津跟别家的仆人有往来，或者只是就这样独来独往？差不多要等到一年之后，家家户户回来度假，垂水才会恢复生机，我尽量不去想这些。现在，我得适应眼前的寂静，暂时将家里的吵闹和舒适，以及香港和广州的朋友都抛在脑后。独处，比我想象的要艰难一些。不过我觉得自己会适应这一切，就像要开始慢慢地填满一张画布。

小路跟我记忆中没什么两样，一条细细的沙带蜿蜒而下，伸进一片开阔的海滩。站在坡顶，我看见一大片空旷的白沙滩，一座巨大的沙丘将之一分为二。大海一片碧蓝，风平浪静。我一路跑下去，帆布鞋里便灌满了沙子，经过一个夜晚，它们踩上去凉飕飕的。我呼吸着带咸味的海风，努力爬上沙丘，翻将过去，靠海水更近一些。我可不想错过这美好的晨曦，于是我马上坐定，打开速写本，开始描绘这海洋和四周的群山。

等我终于对自己所画的稍微感到一点满意的时候，太阳已经热烘烘的了，我背上也黏糊糊的。我合上速写本，觉得自己又饿了。一想到麻津做的饭菜，我的肚子就咕咕直叫。毫无疑问，麻津是一个不错的厨师，虽然他不太说话。

我决定不去想吃的事情，先去游泳。整个海滩空无一人，我脱下衣服放在速写簿上，快步向水里走去。当我纵身跳进海水的时候，脑子里似乎听到母亲和清尖叫着说"不许"。突如其来的寒冷让我浑身紧绷。每一次划动海水，我就感觉到一波新能量穿透身体。我来来回回地游动，手臂每次奋力向前划动，就会打破海水的平静。冷水刺激着身体，我感觉好极了。当我彻底放松下来的时候，长期以来一直被疾病压抑着的自由感喷涌而出。

我感觉手臂疲软，有点气喘吁吁，便只是躺在水面上，随波逐流。我觉得自己像一个小孩泡在澡盆里，可以永远这么待下去。自我从广州的学校回到香港，大部分的时间都躺在床上，发着高烧，弱不禁风，什么事情都干不成。谁也不能来看我——虽然小派不时探头探脑出现一下——只有妈妈和清陪伴着我，我越来越想念金，还有其他岭南大学的朋友。在我自己的房间里，我不过是一个囚徒。

岸上突如其来的说话声，打断了我的思绪。我本能地翻身潜入海水，惊讶地发现海滩上有两个女孩。高一点的那个沿着海滩追逐着另一个，放肆地大笑着。她们似乎没有注意到我。一开始，我想冲她们大声呼喊，因为我好开心，竟然发现还有别的年轻人生活在垂水，但是我立即意识到我的衣服还在海滩上。我待在水里一动不动，目送着她们跑上沙丘，从我的视线里彻底消失。

我回到屋子，麻津不在，到处都找不到他。我飞快地吞下一碗乌冬面，又吃掉一块煎鱼饼——这些都是他留在我房间里的。过了一会儿，我就忙着给母亲和小派写信，还有金。我希望他还在岭南大学学习。我从广州退学回家已经过去三个月了，不知道他还能不能收到我的信，因为现在日本人已经占领了中国。我接到金的最后一封信是在香港，他说，广州还算平静，目前日本鬼子还没有打扰到他们。在信的最后，他还希望我"好好休息，快快康复"，以提高我的绘画技术。在我的几个朋友中，金总是最懂得绘画对我意味着什么。

麻津傍晚时分才回来，他手里拿着几本杂志，还有几个包裹。他只是稍作停留，朝我微微颔首，便马上拎着包裹走进了厨房。我跟过去，站在厨房门口，看着他打开包裹。里面装着两样东西：一只刚杀的鸡，血淋淋的，以及一条还没处理的鱼。在家里，清做饭的时候总是不让我们任何人进去打扰她，包括母亲——她几乎不下厨房，不过偶尔也有例外，那就是在最后一刻冲进厨房，吩咐清为麻将桌上的麻友做点什么宵夜。

麻津终于抬起头来，这一回他没法"礼貌地"忽视我了。他不安地换了一个姿势，说出了自从我们在车站见面以来最完整的一句话。

"您需要什么帮助吗？"他沙哑的声音在小屋里响起。

"是的，"我急切地说，"我想跟你打听打听在附近居住的人家的情况。"

麻津看向别处。他穿着一身灰旧的和服，一条毛巾搭在右肩上。他拎起鸡，继续一把一把地拔着褐色的鸡毛。

"没有多少人，只有村子里住着一些人，还有一些是看守房子的。夏天时，还会有其他人来的。”

“但是今天早晨我在海滩看见两个女孩啊。她们住在附近吗？会不会是某个用人的女儿？”

麻津耸了耸肩：“大多数留在垂水的年轻人都住在村子里。”他回答，一边转身拎起一只砂锅放到炉子上。

我一直等着他转过身来，又问道：“你一个人住在这里，会不会觉得孤单？”

我也不知道到底是什么促使着我向麻津问出这样私人的问题，但是既然都说出口了，我就目不转睛地看着他，等他给我一个答复。他很久很久都没有说话，只是站在那里愣愣地看着我。然后他抬起手，用结实粗糙的手指挠了挠脸颊。

“总是有很多活儿要干的。”末了，他回答道。

“干完活儿之后呢？你又做什么？”我穷追不舍，刨根问底，“我想你一定有许多朋友一起消磨时间吧？”

麻津眯了眯眼睛。他奇怪地从头到脚打量了我一遍。“为什么这么问？”他问道。

我不安地换了个姿势，努力想找到最恰当的日语来表达。“我只是猜想而已。这地方看起来这么安静。”

麻津愣了一下，随即高声大笑起来。“朋友无处不在。大多数时候，我要么在花园里干活，要么看看杂志。我在东京有个姐姐，她会寄杂志给我。”

“你还有个姐姐？”

“难道我看起来不像有姐姐的样子吗？”麻津问道，他显然被逗乐了。

“不，当然不是。”

“我有两个姐妹，不过一个已经死了。”

“我有两个妹妹和一个弟弟。”我随即意识到，这些情况他也许早就知道了。在我们全家为数不多的来访中，都是麻津帮助我们安顿下来，但接着很快就不再露面。我很想继续跟他聊聊我的家人和朋友，但是麻津轻轻咳嗽了一声，又指了指炉子上的砂锅。他拎起鸡，转身背对着我。但是我没有走。相反，我就待在那里，看着他熟练地宰割分解。麻津既没有抬头，也没有再说一句话。不管怎样，我们之间也算开了个好头。

1937 年 9 月 20 日

昨晚很热，我辗转难眠。月色皎洁，屋子里幽辉一片。今天画画的时候，我怎么都找不到感觉，黑炭笔落在白纸上，好像是对白纸的一种侵扰。我连扔了好几张纸，最后只好沮丧地宣告放弃。我告诉自己，说不定画油画会好很多，父亲曾答应从神户给我寄画布来，但是画布至今还没到。他托人捎话，说他要到下个礼拜才能来看我。远在香港的母亲和小派至今也没有消息。我知道，我来这里还不到一周，但是感觉却像已经过了很久。

麻津看起来似乎不再抗拒我交谈的愿望了。不过我们的交谈并没有实质性的进展。每天碰面的时候，他总是向我颔首致意。晚上，他大部分时间都在厨房里，或者在厨房隔壁他就寝的小房间里听他的静电无线电收音机。麻津的一举一动继续让我吃惊。他经常听莫扎特或者肖邦的音乐，这老让我想起小派和她的白俄罗斯钢琴老师。收音机里不时地会传出一个新闻女播音员的高声宣告："上海不接受帝国军队的好意是愚蠢的。"我只有一次鼓足勇气问麻津，他怎么看待自己的国家在中国打胜仗。当时他正在厨房翻阅杂志，收音机从他房间里发出刺耳的叫声。他抬头看了我一眼，直截了当地说："日本现在就像一个自以为是的女人，她势必会陷入麻烦。"说罢，他收回视线，继续看杂志。我只好闭嘴。他不像我，似乎总是别无所求。我猜这是因为多年来他独处惯了。我们在慢慢地学习如何在一个屋檐下共同生活。

我初来时看见的两个女孩再也没有露面。每天早晨我去游泳，都在暗自希望跟那天的情形一样，她们会出其不意地再次出现。但是根本不起作用。有时候，这屋子里是如此安静，唯一的声音似乎只存在于我脑子里，那是我自己凭空想象出来的。记忆中的谈话浮现出来，就好像我的朋友和家人跟我在一起，就在这里，在这间屋子里。

1937 年 9 月 29 日

一个星期以来，寂静和孤独像毯子一样覆盖着我。我忍耐着，终于还是熬了过来。我只不过下了个决心——多休息、多运动、多画画，以求尽快恢复健康。

今天早晨，我游泳回来走进花园大门的时候，看见麻津挑着两桶水，向木棉树走去。他没有像往常那样对我仓促鞠躬，而是停下来，说："有你的一个包裹。"

我跟他说了些什么，我记不得了。我跑进屋，在我的房间里发现靠墙立着一个褐色的大包裹，里面装着油画布，旁边还有一叠日本杂志，杂志上放着一封母亲和小派的信。我抓起信和几本杂志便朝花园外跑去，但是麻津已经不在那里了。花园是麻津的绝对领地，我觉得奇怪的是他总是无处不在。花园的每一个角落似乎都因他的存在而生机勃勃，甚至带着一种沉静的优雅。

天有点热，于是我就坐在池塘边读起信来。苔藓柔如绒毯。我觉得自己像个孩子，在打开一个期待已久的礼物。薄薄的蓝色信笺在我手中不盈一握，一展开来我就看到母亲又快又重的笔迹，后面跟着小派写的汉字，字体很大，书写很工整。

母亲主要问及我的健康。我好些了吗？我吃得好吗？她会尽快来看我。十二月，安妮和亨利一放假就回香港。那时我们将会重新团聚。她不相信日本会有胆量攻打香港，毕竟，那是大英帝国下辖的主权领土。不知道为什么，读着她的信，我却不禁忧心忡忡起来。

小派的话倒是给了我更多的安慰。她考了班上的第一名，最近她在给自己设计一条连衣裙，准备让裁缝来做，这个灵感来自她最近看过的秀兰·邓波儿主演的电影《可怜的富家小姑娘》。她用了最大的篇幅来写安妮在澳门的一次灯火管制中晕倒的事情，最后安妮的老师让她嗅盐和喝了一杯白兰地才让她苏醒过来。小派说，下次灯火管制的时候，她也想尝试昏倒一下，不过那只是为了尝尝白兰地的味道。

看完信，我比这些日子以来任何时候都更想家了。这里天涯海角，远隔重洋，很难得到战争的消息。我只能零零星星地从麻津的收音机里听到日本方面的说辞。我开始觉得自己被围困在这片竹篱笆后面，音信杳无，与世隔绝。

苔藓像一床凉爽的毯子。我就地躺下来，闭上眼。我也许是睡着了，不过很快便被篱笆外的一阵响动吵醒了。一开始我以为是麻津，便又躺了回去。虽然他好心地把他的杂志留给了我，但对于试着要跟他发起最简单的交谈，我感觉实在有点倦了。

一开始还是窃窃私语，接着变得喧哗嘈杂。我坐起来，看见两个影子在篱笆那头晃动。我努力想听清他们在说什么，但是那声音压得低低的，语速又极快。我正要站起来，突然感觉有什么东西朝头顶逼了过来。我抬头一看，一大把白色花瓣正朝我劈头盖脸而下，纷纷扬扬地撒了一地，像一艘艘小船掉进了池塘。我听见两个女孩在高声笑着，便一跃而起，向大门冲去。等我拉开大门，她们已经沿着大路跑远了。我大声叫她们停下来——我只是想跟她们说说话——但她们一直往前跑，头也不回。

1937 年 10 月 5 日

昨天上午父亲从神户来垂水了。他不期而至，没有通知我们就直接从火车站步行到了家。麻津正在捣鼓花园，第一时间接到了他。我听到麻津的声音变得跟平常有点不一样——调门很高，且十分兴奋——便从房间里移步出来，看看到底发生了什么事。走到前门，阳光明晃晃的，我的眼睛有一会儿什么也看不见，等我调整好视线，发现一个身影站在那里——那是父亲在擦拭他的眼镜。我奔过去，伸出双臂拥抱他，高兴得差点把他扑倒在地。

“爸爸，你怎么不告诉我你要来？我好去车站接你呀。”

父亲戴好眼镜，笑道：“我也是最后一刻才决定的。办公室工作太多，我差点误了火车。现在朝后退两步，让我看看这里的新鲜空气对你起了什么作用。”

我后退几步，站直身体。“你看怎么样？”我问。

“你看起来仍然太瘦。”他说。随后他瞥了一眼麻津，开玩笑地说：“麻津，你没把我儿子喂饱吧？”

麻津走到父亲身边，用手在泥迹斑斑的裤子上擦了擦：“他吃得太少，像一只小鸟。”他一边回答，一边拎起父亲的行李箱，转身走进了屋。

✣ ✣ ✣

昨天的晚饭是在祖父的书房里吃的，我们吃的是米饭、鸡肉和腌萝卜，父亲喝起了清酒，一副惬意的样子。我很开心，因为终于又可以和某个人畅所欲言了。

“你感觉如何，斯蒂芬？”父亲问。他举起一小杯清酒送到嘴边，眼睛直视着我。

“我感觉好多了。胸口不疼了，咳嗽也少多了。”我说。

父亲放下酒杯，笑道：“那你喜欢在这里待着吗？”

“是的，大部分时候都喜欢。但是我想每一个人。这边太寂寞了。”

“我了解，斯蒂芬，但这不会持续太久的。当你完全康复的时候，你在这里度过的时间只会变成温馨的回忆。”

我紧紧地盯着父亲，看着他花白的头发和温和的双眼，这才意识到上一次近距离地感受到他的和蔼可亲，已经是很久以前的事情了。小派出生以后，她似乎就主宰了父母所有的注意力。接下来在香港，甚至在神户，总是有各种各样的家庭事务或生意问题让我们不能真正地互相沟通。但是在垂水这里，情况不一样了。连光线都是温情脉脉的；你不可能错过哪怕最细微的差别和最细小的声音。整个世界似乎都聚集到这小小的房间里来了。我在想，他是不是也有同样的感受。

1937 年 10 月 6 日

今天父亲和我去了海滩。天气依然很热，于是我下海游泳，他则坐在黄色大伞下的一把木椅上，那是麻津支在海滩上的。父亲穿着宽松的便裤和一件白色的 T 恤，戴着一顶帽子，看起来与我所习以为常的父亲的样子大相径庭——印象中他总是穿着黑色的西服，正经而严肃——眼前的他更像我们家的一位老熟人，而我跟他已经暌违多时。

我没有游多久便回到父亲身边，坐在沙滩上。我感觉自己又回到了儿时。我们谈起我还是个小男孩时的样子，以及那时我就多么喜欢下水。

“你小时候经常游泳吗？”我问。

父亲笑着说：“我怕把头闷进水里。有些事情对你来说易如反掌，对我而言却从来不是。”

“你不会游泳？”我惊讶地问，这件事情我竟然从来都不知道。平常我们来垂水的时候，都是清带我们到海滩玩。她总是坐在海滩上冲我们大呼小叫，要我们当心点，她的黑色棉布长袍总是一丝不苟地一直扣到脖子，看起来又热又不舒服。

“我能漂浮，时间长到足以等到人来救我。”他又补充说道。

“我可以教你。”

“等我下次来的时候吧。”父亲笑道。

我有点伤心，因为我们在一起的时间即将结束。他明天将不得不回到神户去。在一片令人心安的寂静中，我们相对而坐，寂寞再次尖锐来袭，被我奋力挡了回去。

“上海形势怎么样？”我问道，急着想知道一些消息，“我在这里什么消息也接收不到。”

“形势不妙，”父亲回答道，表情也变得严肃起来，“战斗机在持续不断地轰炸上海，炸不到的地方，他们就用火烧。许许多多人无辜惨死。”他摇了摇头，说不下去了。过了一会儿，他看着我说：“我会寄一些报纸给你的。”

“那你认为他们占领上海以后，会发生什么事情？”我穷追不舍地问。

“最大的可能是他们会继续南下。”

“你认为他们可能打到香港那么远吗？”

父亲举起帽子，擦了擦额头。“很有可能。”他最后才回答说。

我们各自心事重重，沉默良久。

“你能告诉我一些麻津叔叔的事情吗？”我突然发问。

父亲眯起眼看我：“你想知道些什么呢？”

“为什么这些年他都一个人待在垂水这里？”

“垂水一直是他的家啊。”

我伸出腿，平摊在温热的沙子上。“但是他年轻的时候，难道没有想过去别的地方吗？没有想过组建他自己的家庭吗？”

父亲笑了：“看来你还不怎么了解麻津，是吧？”

“他不怎么说话呀。”我说。

“他向来如此。我记得自己小时候到这里来时，麻津就总是独来独往，他只有跟自己的姐妹们在一起说话的时候，才自在一些。他的妹妹友子非常漂亮，吸引了很多男孩子的注意。”

“她也吸引过你吗？”

“我太害羞了，干任何事情都缩手缩脚的，”他兀自微笑道，“而且，我是主人的儿子，我们之间被阶层和习俗分隔开了。那时候你的祖父祖母对我已经另有安排。”

“那你跟麻津和他的姐妹们从来就没有一点关系吗？”我一边问，一边把脚埋进沙子里，里面仍能感受到丝丝凉意。

“我们都是孩子。有时候我们也在一起玩，比如当他们来帮自己的父亲收拾花园的时候。不过大部分时间他们都住在离村子不远的家里。”

“麻津在我这个年纪又是什么样子呢？”

父亲阖上眼睛往后一靠，过了好一会儿才开口回答。“麻津那时像一头公牛，他的能量在积聚，好像随时都准备爆发出来。不过为什么他从来没有爆发，我们永远都不得而知。有传言说他爱上了镇上的一个女孩。但她搬走了，或者是嫁给了别的什么人——我不清楚事实究竟是哪一个。后来他的妹妹友子突然又死了，麻津好像一夜之间失去了所有的活力。"

"那你知道出什么事了吗？"我急切地问，想知道答案。

父亲摇摇头。"我想是他妹妹出了什么意外。那时候，我在垂水的时间越来越少，只是听到一些零星的传言。"

"他的姐姐现在住在东京。"我说。

"她出嫁后就搬过去了。"

"那麻津为什么不离开这里？到底是什么原因让他一辈子都独自留守在此地？"

见我语气急迫的样子，父亲笑了："如果你能从麻津嘴里掏出点什么，我敢说你就已经完成一项伟大的壮举了。麻津不是那种能够掏心窝子的人。我们不妨这么想吧，他在垂水这里找到了一种宁静，好啦，我们到此为止吧。"

我一脚把沙子踢飞，没有再说话。麻津以他的疏离与孤僻吓跑了大多数人，但是我却从中看到了别的意味——他好像拥有一段故事，只不过至今还没人费心去挖掘而已。

1937 年 10 月 8 日

父亲昨天回神户去了。麻津留在家里，我得以独自送父亲去车站。当我们在站台挥手告别的时候,他又还原成了我熟悉的那个身穿西服的生意人父亲。回去的路上,我觉得非常失落,真想大哭一场。

麻津正在花园里忙碌。他站在池塘边,一边抱怨着,一边弯腰从水面上捞起湿漉漉的花瓣来——每隔几天,就有人撒进来。我依然还没有遇见那两个从篱笆外面撒花瓣进来的女孩,但是我知道,这只是迟早的问题。

麻津听到我关门的声音,抬起头来。他鞠躬和说话的样子几近害羞:"你父亲已经平安上路了吗?"

我点点头,低声道:"是的。"

麻津直起身子。"我想去看望一个朋友,她就住在离这儿不远的一个小山村,"他这么说着,眼睛却始终回避着我,"我在想,你是不是愿意跟我一起去?"

我看着他笑了,无法掩饰我的惊讶。"我很高兴跟你一起去!"趁他还没改变主意,我赶紧回答道。

"好的,那我们吃过午饭后出发。"他说。

我看着麻津转身向屋里走去,手里还抓着那一大把湿漉漉的花瓣。

麻津说,山口村是山里的一个小村庄。他经常去那里给一个朋友送生活用品。我们沿着一条狭窄、崎岖、多石的山路走了差不多两英里。在我们前方,满目皆是陡峭的山坡和参天的松树,轻易将我们掩埋在丛林深处。

"山口村又叫麻风病村,"慢慢往前走时,麻津告诉我,"这些病人被城里人抛弃，他们带着仅有的随身物品进到山里来，在这里安静地等死。远离冷酷无情的健康人。"

"你一点都不忌讳去那里吗？"我迟疑地问。

麻津径自向前走着。我以为他压根儿就没打算回答我，没想到他突然转过身来，直视着我，说："第一次去的时候，我也两眼一抹黑。毕竟，日本各地的麻风病人都想方设法来到山口村，唯一的希望是自己能被接纳，被大山淹没。"麻津低头看路，继续向前走。"一开始我是去那里看望我的一个朋友——我儿时的好朋友。没有人知道这件事。那时候我又年轻又强壮。我还记得很久以前一个远道而来的医生告诉我，没什么好怕的，简单的接触不会传染。"

麻津话音刚落，我才发现他已经在前方几步开外，而且在等着我跟上去。我感觉呼吸紧迫，便大口大口地喘气。"我很好。"我一边说，一边加快步伐。到山顶的时候，我已经超过麻津了。

"也许我们可以改天再来。"麻津高声说道，确保我能听见。

我停下来，转身面向他。"我真的没问题！"我答道，确信麻津已经领会我的意思，便埋头继续赶路。

山口村坐落在山里一块缓坡的空地上，被高大的松树林遮住。小木屋密密麻麻，一幢挨着一幢，跟普通村子没什么两样。我在村头停了下来，任视线在这片安静的景色中徜徉。远远地，村民出现了——就像麻津和我一样——男人们有的三五成群地聚集在一起，喝着茶，聊着天，有的在小花园里劳作，女人们坐着缝补衣裳。唯有仔细察看，才会发现这些房子是用不规则的木头碎片仔仔细细地拼装起来的。还有，一些村民把他们的头和手包扎起来了，其余的则任没有结痂的疮疤和裂开的伤口裸露在风中。我感觉到的是一种陌生的好奇感，而不是恐惧。在中国，麻风病人通常是令人害怕的，人们避之唯恐不及。我听说过许许多多的故事，故事中他们不得不在大街上流浪，乞讨，或者吃老鼠，任身体慢慢腐烂。

我久久地站在那里，适应着眼前的这一切。当我终于从恍惚中清醒过来时，麻津正关切地注视着我的脸。他一直看着我，最后说："你不用害怕，如果这里有任何危险，我不会带你来的。"

面对他的关心，我笑了。"我是为他们担心。"我说着，赶紧掩饰住自己的咳嗽。

麻津微微一笑，过了一会儿，他指着村庄最远处："我朋友的家在那边。"他说。

我们慢慢地穿过村子。空气中有一股明显的异味，那是桉树的味道，还有一种别的什么药味。我生平第一次明白作为一个麻风病患者——患上一种不光彩的病——到底意味着什么。他们看我的样子，似乎也带着相当的好奇。我尽量不盯着人看，但我的眼睛无论如何都无法从他们的伤口上移开：缺失的手指和脚趾，脸上豁开的大窟窿，已看不出本来形状的鼻子和耳朵。他们看起来更像是戴着可怕的面具，而我还一直等着他们取下来。

麻津一定明白我在想什么。他突然停住脚步，转过身来对我说："他们中大多数人到村子里来的时候都还很年轻。现在他们都太老了，已经深深扎根在了这里，不会再搬走了——尽管日本政府已经承认了他们的处境并乐意将他们搬到条件和设施更好的地方去。无论好与坏，山口村一直都是他们的家。"

麻津对几个村民点头，与他们寒暄，我在一边看着。

路过好几户人家时，我都闻到了一股浓郁的茶香，这香气对口干舌燥的我充满了诱惑。

“这个帅气的男孩子是谁啊，麻津？”一个人向我们走近几步，问道。他的右臂是一条扭曲的残肢，像是被什么东西啃断了。

“老爷的儿子，我的主人。”麻津回答道，没有停下前进的脚步。

我难为情地冲他们所有人笑笑，跟在麻津后面，仿佛他才是主人。

我们一直走到村子的尽头，那里有几幢房子，松树林也变得浓密起来。我们走近一幢几乎隐藏在树林里、外观看起来也要坚固一些的小房子时，麻津的脚步慢了下来。

“谁住在这里？”我一边调整呼吸，一边问。

“一个朋友。”麻津回答道。他领着我走向屋子时，我注意到他的脚步变得轻快起来，身体也放松了，他看起来甚至变得年轻起来。

我站在麻津身后。他在门上敲了三下，一边等着，一边吹了声短短的口哨。我从来没见过麻津如此兴高采烈的样子，很好奇到底是谁住在这里。过了一会儿，门开了一条缝，从里面探出一个头来，黑纱遮面，朝外打量着。

“佐知子，是我。”麻津柔声说道。

女人缩回去，把门开大了一些，阳光照亮了她身后干净而空阔的白色房间。她定定地站在门后，目光从麻津转向我。“可是麻津……”她轻声说道，眼睛紧紧地瞅着我。

麻津转过头来瞥了我一眼，说：“这位是斯蒂芬，我的一个朋友。”

“您好，请多关照。”我一边打了个招呼，一边微笑着向她鞠躬，试图打消她的疑虑。

女人退后几步，谦恭地还礼。麻津径自往屋里走去，他的手不经意地轻轻挥了一下，示意我跟进去。我小心地走进屋，急于想多了解一点屋子里这个腼腆的女主人。屋子里弥漫着一股淡淡的松香，那是从屋角一张矮桌上的花瓶里散发出来的。花瓶旁边有两块光泽如玉的黑石头。屋子里空荡荡的，除了桌子，一边还整齐地堆放着几个垫子。

“我不知道你今天会来，麻津。”女人说道，她的头垂得那么低，几乎埋进了黑围巾里，让我几乎看不到她的脸。她的声音听起来既温柔又迟疑。

“今天天气不错，出来走走。再说了，从什么时候开始我需要接到邀请才能拜访你了，佐知子？”麻津开玩笑地说。

佐知子远远地看着麻津，莞尔一笑。

“我去倒点茶。”她羞涩地说。在转身离开屋子的时候，她整理了一下围巾，仔细地遮住脸。

“她也是……”我欲言又止。

麻津走到窗边，看着窗外。“是的，”他轻声说道，“她是个麻风病人。”

我们就那么静静地站了好一会儿，厨房里传来轻微的响动声。跟麻津一起站在一间迥然不同的屋子里，第一次以全新的角度看着他，我感觉有点陌生。他看起来温和多了，也不那么古板了。

“这屋子很不错。”我说。

麻津点点头，表示同意。

佐知子用茶盘端来了茶和饼干。在垫子上就座的时候，我抬头仔细打量着女主人的面孔。她比我一开始想象的要年长一些，体格修长，动作轻快。茶香阵阵，佐知子探身倒茶的时候，黑围巾从左脸轻轻滑落了下来。在那下面，我看到麻风斑侵蚀了她的肌肤，留下一片白色的鳞状疮疤，她的左眼半睁半闭，竭力睁开时有些破相。佐知子意识到我在看她，赶紧垂下眼睑，重新蒙好脸。在我看来，她只有脸和左手被感染了——她的右手光滑、白皙，手指也安然无恙。

“添一点茶吧？”她一边问，一边准备起身。

“那麻烦您了。”我的脸刷地红了，有点尴尬地回答道。

麻津抢先一步站起来，说：“我去拿吧。”还没等佐知子说点什么，他已经消失在厨房里。她慢慢地回到垫子上，落座的时候身子微微转了一下，这样她的右脸可以正好对着我。虽然她的左脸已被毁容，但是右脸完美无瑕，实际上这是我看到过的最美丽的一张脸。

“希望没有打扰到您。”我说道，声音听起来朝气蓬勃，热情洋溢。

佐知子摇了摇头。她身子再侧了一点，用那只好眼睛看着我。“我没什么客人，只有麻津。实际上，这么多年过去了，我都没见过一个新面孔。你来拜访，我感到很荣幸。”

现在轮到我害羞了。面对这位美丽非凡的女人，我不知道该说些什么才好。看起来我们俩在孤独中找到了共同之处。我试着想象小派在我的处境下会怎么做，结果却意识到，她也许只会要求看看黑头巾下面究竟是什么状况。

佐知子一定感觉到了我的不安，因为是她打破了沉默。她娓娓而谈，声音委婉动听。“上次麻津来的时候，说你要在海边的房子里住上一段时间。”她说。“我的病还没见好。父母认为,我离开香港养病对小妹妹比较好。他们希望垂水的新鲜空气对我的身体有好处。”

佐知子用她的黑围巾把左脸裹紧了一些。“是的,对有的人来说,垂水是一剂良药,而对别的人来说,它又是一处避难所。”

“什么避难所?”麻津脚步重重地从厨房里走出来,手里拿着一罐茶。

佐知子朝他看了一眼,盈盈一笑。“垂水的美,”她一边回答,一边迅速从坐垫上站起身,又鞠了个躬,“麻津,我去看看花园里需不需要打理。”

我们默默地看着佐知子拉开隔断门,走出去。

我们准备离开佐知子家的时候,已经是黄昏了。我被茶和饼干喂得饱饱的。看到佐知子对我的存在放松下来,变得无拘无束,我由衷地感到高兴。

“如果你下次再来看我,我会深感荣幸。”佐知子说这话的时候正站在门边,将围巾拉过来紧紧地裹住脸。

“我会的。”我笑道,朝麻津看过去。

“不需要等麻津同意,”她说,“随时欢迎你来。”

我鞠躬,说道:“那么,非常感谢。”

麻津看着我们,乐了。转身离开时,他温柔地拍了拍佐知子的手臂。

麻津和我穿过村庄,一路几乎没说话。路边依然是那些村民,三五成群,或者打牌,或者抽烟。这回他们对我们兴趣不大,不过麻津一路上还是举起手来向几个男子打招呼。沿着山路回家的途中，我们健步如飞，一路无言。走到通往家门口的海滩小路时，我才鼓足勇气开口。

“佐知子人真好。”我说。

麻津点头称是，补充了一句：“她曾是垂水最漂亮的女孩，也许还是全日本最漂亮的！”

“她怎么得的……那个？”我吞吞吐吐地问。

“麻风病？”麻津摇摇头，“那时它就像一场野火。一旦烧起来就再也没有扑灭。”

“是什么时候的事情？”

麻津抬手擦了擦灰白的短发。他眉头深锁，若有所思，汗水顺着脸颊涔涔地流下来。“那至少是四十年前的事了，一开始就出现在垂水，”他终于回答道，“我不知道到底是什么给我们带来了这该死的疾病。之前我们从未见过，不过也许它一直潜伏着，像闷烧的火，一直在等待燎原的机会。直到有一天，它开始露出狰狞的面孔，我们就再也无能为力。这种病无规律地肆虐着，我们的老人和小孩纷纷受到传染。”

“我父亲从来没对我们说起过这些。”

“他一直被蒙在鼓里，”麻津脱口而出，好像这个故事憋在他心里太久了，现在终于可以释放出来，“这件事一直在本地村民中秘而不宣。毕竟，垂水对外地人而言是度假胜地，如果他们听说了这种病，就不会再来了。我们不想吓着任何人，直到我们对这个病有了切身的体会。起初，没人知道到底发生了什么事，紧接着，越来越多的人染上了麻风斑。一开始，它表现得像疹子，但怎么都消不了。

接下来的几个月内，它开始蚕食患者的手和脸。”麻津顿了顿，咽了口唾沫。“幸运的是，一位年轻的医生来到了垂水——他竭尽全力，但是无功而返——他让我们相信这种病不会通过简单的接触而传播。我们愿意听他的意见，向他学习，但是开头的几个月就像一场噩梦。每天早晨人们醒过来，最怕的就是麻风病上身。一些遭受麻风病之苦的人很快选择背井离乡，另一些则选择自我了断——他们都希望不要让家人受到传染。”

“你的家人没事吧？”

麻津沉默了。路变得熟悉起来，两边绿树成荫，竹篱环绕。我们快到家了。我闻得到海里的咸味，脸上也感受到了雾气。我等着他继续讲述。

“它带走了我的妹妹，友子。”麻津终于说话了。

我有点犹豫——我想起父亲曾经跟我说起过的有关她的遭遇。我想知道得更多一点，但是麻津已经大步流星走开去，因为我们快到家了。我转而问道：“你为什么带我去山口村？”

麻津放慢脚步，转过身来面向我，答道：“这样，你就会知道自己并不孤独。”

1937 年 10 月 21 日

自从去看过佐知子后，我和麻津之间一切都起了变化。尴尬好像完全消失了，我们共同分享着一些珍贵的秘密。并不是说我们的交谈频繁起来了，而是沉默不再使人害怕。有时，我甚至能冷不丁地瞥到麻津在朝我看，嘴角的笑意隐约可见。

昨晚，我在自己的房间吃过晚餐后，便踱步来到厨房，结果发现麻津还坐在木桌边。他的收音机里传出一个高亢刺耳的声音，正在宣告日军上海战役的战况。麻津在俯着身子拨弄一个刻度盘，直到一首巴赫的协奏曲在屋子里回荡开来。他似乎丝毫没有察觉到我。

我听了一会儿，轻轻说了一声“打扰了”——我想让他知道我在那里。

麻津转向我，吃了一惊。

“你很快会再去山口村吗？”我问。

麻津轻松地笑了。“那么你是想再去看望佐知子了，对不对？”

“是的。”我有点不好意思，赶紧回答道，因为我的好奇心实在太明显。

麻津哈哈大笑，他搓了搓厚实的手掌，然后说：“我想，不时见见一张年轻俊美的脸对佐知子也很有好处。很长时间以来，她只能看到我这张脸。”

“你的脸孔武有力，让人过目不忘。”

“像个怪物。”麻津又说。

“像一个武士。”我说。

麻津张嘴似乎想再说些什么，但是欲言又止。我待了一会儿便离开了。虽然我到这里只有一个月，但我已经知道，麻津并没有更多的话要说。情况总是千篇一律——谈话才刚刚开始，就得马上草草结束。麻津说到花园的时候总是谈兴甚浓，但一说到他自己就意兴阑珊。

我快走出厨房的时候，突然听到麻津的声音盖过音乐传了过来：“我们这个周末再去吧。”

“谢谢。”我欣喜地说。

麻津的理解让我感激不尽。我无疑想要更多地了解佐知子。自从上回看到她，我就觉得她身上集中了垂水所有的丰富和神秘。她曾经美丽的脸庞甚至出现在我的梦境中，黑围巾之下掩藏着无尽的忧伤。我想知道，她到底在山中独居多长时间了？麻津一直爱着她吗？佐知子也爱他吗？这些问题盘踞在我的脑海里，使得她变得越来越充满诱惑。

今天早晨我决定画从祖父书房望出去的花园风景。刚到垂水的时候，我一直很纳闷麻津何以花那么多时间在花园里忙碌。但我在这里住得越久，就越发现麻津在其中创造了多么魅力非凡的世界。有一次，我请他告诉我一些花的名字，“棣棠，胡枝子，紫薇”，这些词语从他嘴里一口气流淌出来。

花园是一个充满了秘密的世界。慢慢地，我每天都有新发现。黑松树枝干欹斜，形态优雅，而苔藓是一张绿毯，邀请你在池塘边小憩。还有石灯，在夜里闪烁着幽暗的光，让周遭若隐若现。麻津的花园在对你窃窃私语，而非大喊大叫；它引领你踏上一段发现之旅，好像一切都明晰可辨，然而又遮遮掩掩。这里有一种静谧的美，我只希望自己能把它捕捉到画布上。

吃过早饭，麻津到后花园干活去了，我则带着父亲寄来的颜料、画布以及一个临时画架进了书房。我小心翼翼地把祖父的书桌挪开，然后拉开了正对花园的那扇隔断门。明亮的阳光透过树林射进来，在墙上投下鬼魅般光怪陆离的阴影。我感觉浑身带劲。我穿过门厅来到主屋，拉开门，这样整个房间的前半部分都敞开在花园里了。我深深地吸了一口新鲜的空气，竟然没有咳嗽——便迫不及待地开始画了起来。这么长时间以来，这是我第一次真正感觉到精力充沛，意气风发。一支油画颜料，接着又是一支，我把一大堆蓝色和黄色的颜料挤到一只木托盘里——那是我拿来作调色盘用的。我满脑子都充斥着刺鼻的锡皮味道。我看着宁静的窗外，心里想着它该怎样在空白的画布上得以展现。画笔刚刚落在画布上，就听见麻津噼噼啪啪的脚步声快速地从花园后面传过来。他一看到我，就猛然停住了脚步。

“你在干什么？”麻津问道，语气中带着一点责怪。

兴奋之中，我想都没想过在打开屋子之前起码应该征得他的同意。“我想画一画花园。我希望你不介意——”我回答道。

麻津闷声站了一会儿。他的嘴唇翕张，好像惊讶于两个房间的光线竟如此迥然。

“那么你请便吧。”麻津最终说了一句，随即消失在屋子另一头。

麻津一离开，我就开始画起来。光线已经在发生变化，我可不想错过。我像复仇一样画着，根本停不下来，直到麻津端着一盘用盖子盖好的午饭回到这里。我本想为没有提前征得他的同意便擅自使用书房作画而道歉，但是我太集中精力于手头的工作了，连他的出现都没察觉。他什么话也没说，只是把盘子放在祖父的书桌上。等我回过神来的时候，他已经走开了。

终于放下画笔，我退后几步凝神观看，花园正在画布上慢慢出现。我感觉自己比过去的几个月开心多了，也健康多了。我的目光从画布移到麻津留在书桌的木盘上。在漆器的盖子下，是一碗撒着青葱和薄鱼片的面条，一块米糕，以及一碗茶。我实在是饿坏了，端起碗就开始狼吞虎咽地吃起来。过了好一会儿我才发现，木托盘里还有别的东西——一只又长又窄的黑色漆盒躺在茶杯旁边。我咽下一大口面条，开始端详这只黑盒子。揭开光亮的盖子，我看见三支非常贵重的貂毛画笔。我拈起一支来，用手指感受着它光滑柔软的笔尖，想象着它点在油画布上的触感。另外两支我也仔细研究了一下，然后把它们统统放了回去。一吃完面条，我便端起漆盒找麻津去了。他不在厨房里。我走出去，发现他正在后花园里小心地种一棵黑松树幼苗。他没有发现我，因为他正朝前俯着厚实的身躯，将泥土细细地覆盖到位，还跟树苗嘀咕着谁也听不懂的话。他温柔地对待它，就像对待一个小孩子。

“这几支笔真漂亮。”我一边说着，一边举起黑盒子，朝他递过去。

麻津转过身来，抬手挡住阳光才看到我。“我猜也许你会喜欢，”他说，“它们曾经属于你的祖父。”

我把盒盖打开。“它们还是新的呢，难道祖父从来没用来画过画？”

麻津笑了：“你祖父有很多画笔，多得连他自己都不知道怎么处置。他来垂水的时候经常作画，但是只用一两支旧笔。他通常会坐在那里阅读艺术书籍和艺术品目录，一坐就是好半天。他喜欢买各种各样的漂亮玩意儿，只是为了拥有它们。这是我很多年前在他抽屉里发现的。我想，它们也许对你更有用。”

“谢谢您，”我说，“我会加油的。”

我站在原地，低头去看麻津刚刚栽进土里的小松树。我回头的时候，我们正好四目相对，他赶紧把头别开了。

1937 年 10 月 29 日

今天我只画了一点儿便草草落笔。这幅画快画完了，但最后的部分我想省着画，因为最后的几笔就像珍贵的最后几滴水，我要慢慢品尝。一想到水，我便想起已经好些日子没去海滩了。自从我们上次去过山口村，我就重新开始作画，几乎寸步不离房间。

我想告诉麻津，自己打算去一趟海滩，但是哪里都找不到他。有那么一会儿，我怀疑他也许自己看佐知子去了——虽然他答应了要带我一起去的。不过当我看到他的园艺工具散落在花园里，我就知道他没有走远。在厨房的餐桌上，我给他留下一张便条。

通往海滩的小路像老朋友一般亲切。我踢掉鞋子，悠悠地踏着白沙，翻过沙丘。一切都很清晰。空气冰冷，令我无比清醒。淡蓝的天空飘浮着几朵云，像几座小岛。连大海也很平静。细浪来来去去，反反复复轻拍着岸边，如玻璃般透明。

我软绵绵地躺在沙滩上。海滩一如往常，似乎只属于我，于是我开始脱衣服，准备小游一段。我才刚刚脱光，就听到了几个星期以来我一直在期盼和等待的笑声。不远处，两个女孩正缓缓地向我走过来。我离她们最近的一次是她们向麻津的花园抛撒花瓣的时候。她们越来越近，我坐在沙滩上一动也不敢动——我正好被一丛高高的海滩野草遮住了。我的心在怦怦乱跳，但是我仍然一动不动——我真希望自己能像只变色龙一头扎进沙子里。我决定当她们近到我已经无法逃跑的时候，就自己出来投降。我突然回想起在广州上学的时候，许多女孩也很害怕靠近我。她们会窃窃私语，会咯咯地笑，却从不敢跟我说一句话。我的朋友金自有他的解释。

"她们怕你，"有一次他说，"你长得太好看了。一个像你这么好看的人，她们是不会产生信任感的——不过对我们这些丑小鸭来说，这倒算是个好机会。"

我决心证明金说错了。我纹丝不动地坐在那里，看着她们一前一后地你追我赶。她们让我想起我的妹妹们来——她们也是这样子边说边笑，笑得前仰后合。

第一个看到我的是两个女孩中较矮的那一个。她犹豫了一下，然后急急地扯了扯高个女孩的袖子。她们停了下来。我赶紧套上衬衣，站起来向她们挥手。高个女孩迟疑片刻，朝我走过来，另一个女孩紧随其后。

我在脑子里搜寻着所有可以用来准确介绍自己的日语，结果却只是鞠了一躬，说了句"你好"。这时她们已经走得很近，可以听见我说话了。

对我的问候，她们回以咯咯咯的笑声。两个女孩对视了一下，转过来对着我鞠了一躬。

看得出来，两个女孩中个子高一点的那个年纪稍长些，她的脸尖一些，咯咯咯的笑声也要收敛些。她看我的时候，目光有点羞涩，但是又有点好奇。她们有些相像，但是矮个女孩的脸更圆，也更年轻一些。她应该不会比小派大多少——小派十二岁的时候看起来总是比实际年龄大很多。

“初次见面，请多关照。你们好，我叫斯蒂芬·陈。”我说道，又深深地鞠了一躬，小心翼翼地，生怕发出什么响动把她们吓跑了。

高个女孩回鞠一躬，对我说道：“初次见面，请多关照。我叫惠子，这是我的妹妹美嘉。”美嘉看看我，又看看她的姐姐，然后挽起惠子的手臂。

“我在想，我能否有幸跟你们说会儿话。”我赶紧说道，希望这次她们不会太快跑掉。

美嘉很明显已经下决心要走了，但是惠子还有点犹豫，她把脚扎进沙子里，抗拒着妹妹的催促。

“你们住在附近吗？”我问道，我的日语结结巴巴的，不过足够礼貌。

美嘉咯咯直笑。

惠子点点头，同时朗声回答道：“是的，我们住在村子里。”

“我想，此前我在这附近见过你们。”我说道，把注意力集中在惠子身上。

“是的，有可能的，我们经常走到沙滩来。”惠子回答道。她甩掉了被美嘉紧紧抓握的手。她有一张亲切而美丽的脸，说话的时候也充满了自信。

“现在这里住的年轻人多吗？”我继续问。

“不算多。镇上还住着一些人家，”她回答道，“大部分年轻人都从军了，另一些则选择尽快搬到城市去。”

美嘉又开始拽她的手臂，还对惠子低声耳语了几句——惠子也对她点了点头。

“我们得走了。”惠子说道，抬眼羞涩地看了我一眼。

“我们还会再碰面吗？”我赶紧问。

惠子鞠了个躬，但是没再说什么。接下来，她和美嘉跑向沙丘，离我越来越远了。我一直等在那里，直到她们的身影完全消失，声音在凉爽而平静的空气中渐行渐远。我转过身，一头扎进海水里——甚至连衣服都忘了脱。

回到花园，我赶紧脱掉湿漉漉的衣服，把它们团成一团，放在台阶前。待我换上干爽的衣服，我才发现了不同寻常的一幕：麻津正在厨房一边剖鱼，一边怡然自得地哼着小曲。那情形，跟我终于与惠子、美嘉见了面差不多。最起码我知道了她们并不是我幻想出来的。在香港我病情最严重的时候，有时候我会出现幻觉——看见不能解释也无法证实的形象。虽然靠近我的只是一些无辜的小孩，但我还是被这些幽灵吓坏了。我想要知道的是，他们为什么只是静静地站在一旁，望着我。如果我待在自己的房间或者沐浴着阳光坐在院子里，这些幽灵也会在那里待一会儿，然后默默消失。我觉得他们是在等着我，而且我越发觉得这是真的——他们很快会把我带走。清说这是发烧的缘故，而母亲却认为是我想象力过于发达的脑子在作祟。“你越敏感，”她总是说，“幽灵就会越活跃。”她告诉我，如果对他们不理不睬，他们就会很快消失。我尽力不去注意他们，但是只有当我慢慢恢复了健康他们才离开。直到现在，我想都不敢想，是否那些幽灵又回来了。

“你游得怎么样？”麻津问，他听到了我的脚步声。

“很棒，”我回答道，“我终于跟向你说过的那两个女孩搭上话了。”

“那么她们确实存在啰。”

“她们住在镇上。”

麻津转身面对着我，笑了。“你有没有告诉她们，不要再往我的花园扔花瓣了？”

“我忘了。”我老老实实地回答。

麻津呵呵直笑。“那你被她们迷住了吗？”

“我仅仅跟她们说了几句话而已，然后她们就又跑开了。”

“她们会回来的。”麻津说，一副实话实说的样子。

“希望如此吧。”我说道，与其是对麻津说，还不如说是在自言自语。

“她们怎么可能抗拒一个像你这么标致的年轻人？”

我哈哈大笑起来：“她们确实做到了，至少到目前为止。”

“这只是游戏的一部分，”麻津说，“你等着瞧吧。”

我想问麻津，他怎么这么了解两个小女孩的把戏，但我还没来得及开口，他就清清嗓子说道：“佐知子捎信来请我们去吃午餐。你明天有空吗，还是你打算约会新朋友？”

“什么时候？”我问。

麻津放声大笑，说：“我们中午前出发吧。”

1937 年 10 月 30 日

今天一大早我就起床了，想到要见佐知子我就兴奋得辗转难眠。我躺在床上，听到麻津在厨房做早饭时发出的第一声响，便翻身起来，套上一件干净的白衬衫和米色宽松便裤。我拉开门，一股香味便从厨房传来——不是我们平常吃的咸鱼和腌菜。

厨房门口已经成为我的专属地盘——因为厨房不够大，我也不愿意进去碍麻津的事。

"什么东西闻起来这么香？"我问。

"培根和鸡蛋。"他头也不抬地回答道。

"咦，你是怎么学会做培根鸡蛋的？"

麻津转过脸来看着我，笑了。"你想吃什么样的蛋——炒蛋，单面煎，还是双面煎？"

"炒鸡蛋。"我脱口而出。我好像很久没有吃过培根和鸡蛋了。在我没有生病的时候，每次从学校放假回家，父母总会带我们去西餐厅吃早午餐。那些长长的餐桌对我们每个人而言都意义非凡。小派会风卷残云般地干掉她的主菜，然后慢慢享用小小的奶油泡芙和布丁，而亨利和我则全神贯注于培根和香肠，至于安妮，她在细嚼慢咽地吃着沙拉呢。

"你祖父总是喜欢吃双面煎的鸡蛋。"

"祖父喜欢吃鸡蛋？"我很好奇。

"他住在这儿的时候，每天早晨要吃三只鸡蛋，还要喝一杯从东京带来的欧式浓咖啡。"

“你是从几岁起开始为我祖父工作的？”

“那时我还没你现在这么大呢。我们一家一直都在照看这幢房子。甚至在我们都还小的时候，我和姐妹们就经常跑跑腿，我还帮着父亲料理花园。等到我的父母都老了，我就接手了他们的工作。”麻津说。

我看着他将两只鸡蛋敲进一只陶碗里，充分搅拌后，倒进了烧热的平底锅里。

他一边煎鸡蛋，一边声音沙哑地笑着继续跟我拉家常：“我第一次给你祖父做早餐的时候，生怕不合他的口味。我大概浪费了半打鸡蛋，然后他来到厨房，教我应该怎么做。”

“我对祖父了解不多。等我真正有机会了解他的时候，他已经去世了。我只记得他的雕花手杖和经常戴的一顶高帽子。”

“你祖父是一个既帅气又聪明的男人。他知道自己有什么样的资本，有时候还喜欢炫耀炫耀，”麻津顿了一下，马上又补充道，“不过他从来没有冒犯到任何人。垂水每一个人都喜欢你祖父。他是个慷慨大方之人。”

“那他经常来这里吗？”我一边问，一边想着父亲很少来访。

“一个月一次吧，或者只要他的进口生意把他带回日本的时候。他不像你父亲——你父亲总是对工作很严肃。你祖父只要一回到这里，马上就变得无拘无束起来。”

麻津铲起炒鸡蛋，在旁边配了三片培根，然后把盘子端上桌。

“吃饭吧。”他说。

我从桌子底下拉出一只歪凳，立刻坐下来。麻津也给自己盛了一盘，挨着我坐下。他伸手从柜子上拿了一壶茶，在我们面前倒了两杯。然后他等我先动筷子。我搛起一片培根，张嘴就是一大口。

“真好吃，”我一边说，一边品尝着它的烟熏味，“你怎么搞到这东西的？”

“我有个朋友神通广大，不管什么东西都能弄到，包括培根。”麻津笑道。

“味道不错。”

麻津点点头，愉快地享用起他的早餐来。一开始我感觉有点怪怪的——跟麻津挤在一间小小的厨房里吃饭——但吃了两口之后，我就完全自在起来。

看样子，这个时候把在我脑中盘旋许久的另一个主意提出来再合适不过了。“给佐知子带点东西去，有没有关系？”我说，“一份小礼物，想表达我的感谢之情。”

麻津细嚼慢咽着，沉浸在思绪中。过了好久好久他才抬起头，轻声说道：“没有这个必要吧。会让她为难的。”

“只是一个小东西呢。”我说。

麻津清了清嗓子，却没再说什么。我试探着做了个“可以吧”的姿势，在麻津的默许下我决定还是别再得寸进尺啦。

去山口村的路上麻津没怎么说话。不知道他是不是因为我要送东西给佐知子而不快，不过当我把早饭后在海滩画的炭笔速写画给他看时，他笑着同意了。我本来希望能再碰见惠子和美嘉，但是海滩上始终空无一人。

大路走到头后，我们踏上了一条蜿蜒通往山里的土路。路太窄，根本容不下两个人从容地行走，于是麻津走在前面若有所思，我跟在后面亦步亦趋。什么事情都打扰不到他，无论我在石头上蹿上跳下还是飞身跃过低矮的灌木丛。他走在前面，步伐稳健，只有一次回过头看看我是否还跟在后面。他一只手拿着报纸和杂志，另一只手拎着用棕纸包好的包裹。他甚至从没注意到我曾几次停下来歇口气。

我们到达山口村的时候，村子里比较安静。大多数村民都在家里吃午饭，我们经过的时候，看得见门后走动的影子。

不时地会有粗哑的大嗓门精神抖擞地跟我们打招呼。“你好啊，麻津，来跟我们一起吃点吧！”

麻津挥手致谢，继续前行。

当佐知子的屋子就在眼前时，我突然觉得有点紧张不安。我把炭笔画卷成轴状，攥在汗涔涔的手心里。这并不是我最好的作品，但我觉得自己抓住了大海无边无际、安静祥和的特质，我希望佐知子会喜欢。

麻津敲了敲门。我期待着她那张遮着黑纱的害羞的笑脸伸出来迎接我们，但是过了好一会儿也没人来应门。麻津退后一步，敲得更响了。还是没有响应，他转身笃定地对我说：“她一定在花园里。”

我跟着麻津，顺着一条碎石路绕了一圈来到屋后。他打开一道高高的竹篱门，让到一边，示意我先进。让我大吃一惊的是，佐知子的花园一片贫瘠，与麻津花园里姹紫嫣红、繁花似锦的盛景完全不同。没有树，没有花，连水也没有，只有一片由沙子、石子和岩石铺成的景致，背阴的地方铺着青苔。我花了几分钟时间才看明白花园里所有的构造。在这块起伏不平的地面上，佐知子用岩石精心地垒了一座山，再用鹅卵石和长圆石顺势铺下来，看上去就像一条涓涓石流流向湖泊或者大海。“平静的水面”是用光滑的圆砾石组成的，要么倾斜成线，要么环绕成圈，让人联想到漩涡与波浪。

“一道干枯的风景。”我大声赞叹。

“这叫‘枯山水’。”麻津突然说。这时我才想起来他就在身后。

“很美。”我说，惊讶于不同的光线与黑黢黢的石头组合在一起，竟能产生如此奇妙的纹理和幻象。

“佐知子去哪里了？”麻津问——他不是问我，更像是在自言自语，“她一定更喜欢自己带你看花园。”

“她一定很快就会回来。”我答道。这是我第一次看到他如此心神不定。

麻津快步向屋子前面走去，而我却迈不开脚步。我再一次久久地回望佐知子的花园，然后转身追随麻津而去。

麻津已经在朝村子里走去。就在这时，远远地，我看见佐知子正匆匆忙忙地朝他奔过来。她穿着深蓝色的和服，和服边拂起地面的细尘。麻津停下脚步等着，快到的时候她鞠了一躬。他伸手接过她的包裹，一起向屋子里走去。

“对不起，请原谅我迟到了。”佐知子走到我跟前时行礼致歉。她用一只手拉紧围巾，将它贴在左脸上。

我还礼笑道：“我们没等多久。”

“田中问我是否能带一些旧报纸给他。我没想到会花这么长时间，”佐知子还在继续道歉，“大部分吃的都已经准备好了。”

“不着急，”我说，“麻津今天早晨做了美式早餐呢。”

佐知子转脸对麻津说："啊，你做鸡蛋！"

麻津哈哈大笑。"佐知子和你一样，喜欢吃炒蛋。"

佐知子害羞地笑着，将围巾又扯紧了一些，什么也没说就进了屋。

我再次回到了她的单纯世界中——那是雅致而整洁的。麻津把杂志和报纸交给佐知子，然后将包裹里剩下的东西送到厨房去了。

"这是送给你的。"我说着，将卷起来的画递给她——上面有点脏了，我真希望自己用了什么纸来包装一下。

佐知子羞涩地鞠躬。"那么，非常感谢。"

"希望你会喜欢。"

她转过身，缓缓展开画卷。当她看到这是一张关于大海的速写时，马上又转回来，朝我鞠了一躬，整张带疤的脸都露在外面。"我实在太荣幸了。"

"这只是我今天早晨的一张速写。我想把自己欣赏到的风景带给你作为纪念。"

"你带给我的不止是这个，你带来了大海。"佐知子说着，声音有点哽咽，满怀深情。

我不知道该说些什么——这时麻津在另一间屋子里举着他的棕色包裹，大声说："我还给你带来了一只鸡！"这让我如释重负。

佐知子和我都笑了。她小心翼翼地卷起我的速写画，将它放在桌上。在转向我之前，还轻轻地拍了一下。

我们围着餐厅里的小矮桌吃午饭。佐知子准备了鱼糕、米饭、生鱼片、卤汁鳗鱼、腌菜。所有这些被分门别类地装在一个黑色的便当盒里。麻津和我吃饭时，佐知子小口小口地吃着，只要我们喝一口茶，她就立即续上，而且随时准备回到厨房添饭加菜。

"真好吃。"我一边点头致谢，一边说。

"你能来，我就很高兴。"佐知子说着，慢慢站起来收拾空盒子。

"我来帮你吧。"我说。

"还是我来吧，"麻津突然插嘴道，"佐知子，你干吗不带斯蒂芬去花园看看呢？"

佐知子低头看向我，说："如果你想去看看花园，带你去参观是我的荣幸。"

我立刻站起来，舒展肌肉的时候感到大腿一阵发麻。"我很想去看看你的花园。"

我跟着佐知子，她拉开隔断门，整个花园尽在眼前。

"真美啊。"我说道，甚至觉得比我第一次看到时还更迷人。艳阳当头，照亮了石头的颜色，它们闪闪发光。

"如果没有麻津帮忙，我不可能完成它，"佐知子说，"许多年前，那时我第一次来到山口村，对我而言，根本无法想象自己还能继续活下去。是麻津坚持认为我应该拥有一个花园的。"

"这是你自己亲手打造的吗？"

"是在麻津的帮助下完成的。他让我看到，生命的意义并不仅仅在于生命本身，它还在你周围延伸——不管你想要还是不想要。于是，这座花园便成为了我生命的一部分。"

我想对佐知子说点什么，但是话全卡在嗓子里。在她的花园里，岩石和砾石制造出一种运动的幻象,混杂着一种美丽和伤感。面对那样的命运,她能够做些什么?她的家人有没有帮过她?我看着站在面前的她,这个既苗条又腼腆的女人,很想知道所有答案。但我却一句话也没说,只是暗暗希望这些答案有一天会不言自明。

"如果请佐知子到家里做客,她会来吗?"在下山回家的路上,我这样问麻津。风冷飕飕的,我将夹克衫拉紧。前行中,我们被脚下的枝枝蔓蔓牵绊着。他离我只有一步之遥,情绪不错。

麻津放慢脚步,清了清嗓子,转身对我说:"她大概已经有四十年没离开过山口村了。一开始,我试过想把她带下山来,但是她觉得太难为情了。"

"难道她的家人不关心她到底过得怎么样吗?"

"佐知子的家人很早以前就放弃她了。"

"仅仅因为她的病就与她断绝关系?"我问道,气得满脸通红。

麻津摇摇头,过了一会儿才说:"没那么简单。这是一个名誉问题。当时佐知子染上了这种怪病,是她自己选择不再让家人蒙羞。"

"什么?"

"那是她自己的选择。"

"但到底为什么?"

"她觉得没有理由让他们为自己的耻辱受折磨。"

"那你觉得她现在肯下山了吗?"我鼓足勇气又问。

"还是那句话,这得由她自己来选择。"麻津说完加快步伐,把我远远地甩在后面。

1937 年 11 月 19 日

今天早晨我画完了花园。完成这幅画，我就像与家人再一次告别，从此漫无目的地漂浮在无边无际的大海上。我觉得很空虚。

"我画好了！"麻津进屋的时候，我高声喊道。他的花园的缩影正晾在画架上。我站在画旁边，急切地等待着他的某种反应——一个简单的表示赞许的微笑，或者至少仔细看一眼。然而，麻津径自进了房间，用一块旧毛巾擦起手上的泥土来。他只是瞥了一眼，咕哝了一声表示不错，然后就转身离开了。

我手里紧紧攥着祖父的画笔。刺鼻的颜料味充斥在房间里。就在这时，麻津好像知道了我的心思似的，他停住脚步，转过头来问："我现在要到镇上去，你想跟我一起去吗？"

"很想去，"我回答道，"只是要等我把这些画笔洗干净。"

说起来有点奇怪，都两个月过去了，我却还没有好好看过这个海滨小村。另外，即便我们小时候来垂水，也很少离开屋子和海滩。总是由清或者别的用人来回走上一英里，采购食品和其他必需品。我从没料到这里远不止零星几幢房子而已，镇上的景色似乎足以消磨一个愉快的下午。

垂水离火车站不远，与我们的海滨之屋方向相反。当我和麻津快走到小站台和旧轨道时，一辆火车刚刚进站。我们朝镇上走的时候，人群正在下车。我感觉他们都在盯着我看。我知道这并不只是因为我长着一张中国面孔的缘故，还因为在垂水几乎看不到年轻男子。大多数女人都穿着补丁斑斑的黑色和服，不过也有一些年轻的女孩子穿着西式裙装和外套。重新置身于人群中，我感觉有点目眩神迷；精致芬芳的香水味混合着酸臭的汗味，各种声音高高低低，此起彼伏。如果闭上眼，我几乎可以想象自己回到了大阪。

在阴暗的天色下，垂水看起来无精打采的，毫无生机。泥土路两旁的房子都是由棕黑色的木头搭建的。村子里有一家商店，一座邮局，还有一家茶社。每幢房子的屋顶上都挂着精心喷绘的标牌，字体又粗又大，非常醒目。远处，是镇上的民居。房子四周都很不和谐地围着难看的竹篱笆，从靠在竹篱笆上的自行车和玩具依稀可以看出他们点滴的生活细节。狗在路上自由地闲逛，女人和孩子蹦蹦跳跳地朝家里走。我禁不住有点好奇，究竟哪一幢房子是惠子和美嘉的家？

“朝这边走吧。”麻津说。

我跟着他穿过马路来到茶社。一个瘦削的男人在门口招呼我们，肩上搭着一条白毛巾。他的眼睛又黑又亮，炯炯有神，他在街上昏暗的光线中抬起了右手。

“麻津，你好！我还在想你什么时候会来呢。”他鞠躬道。

“你认为我会忘记吗，贤三？”麻津回答道。

“不，麻津你不会的。”他说着，脸上带着近乎孩子般的热忱。

麻津转过身，紧紧抓住我的肩膀，把我拉上前。“这是斯蒂芬，”他介绍说，“这是贤三，他能做出全日本最好的米饼，就是那个能给我弄到培根和任何必需品的家伙。”

贤三和我互相鞠躬。

“快进来，来坐会儿。”贤三一边说着，一边引着我们朝大屋子后面的一张桌子走去。

等眼睛适应了屋子里的昏暗光线后，我发现除了我们之外，还有另外一个老人独坐一隅。桌子整齐地排成行，用壁板简单地隔开，天花板上横着几根粗大坚固的木梁。屋子里很舒服，我感到很自在。

“按你的惯例来吗，麻津？”贤三问。

麻津眉开眼笑。“我还从来没有像今天这样专程拜访过你！”

贤三转身消失在两条长长的蓝色门帘背后。每一条门帘上都印着一个巨大的白色字符，连起来读意思是——“大和”。

“他是你的老朋友吗？”我问。

“我最‘老’的朋友之一，”麻津一边回答，一边用手磨蹭胡子拉碴的下巴，“贤三跟我一起长大。这间茶社是他家的产业。”他微笑着，沉浸在回忆的愉悦中。“我还记得我们第一次见面的那天早晨。贤三到你祖父家来，那时我正跟父亲一起在花园里做事。贤三跟我不同，他一直都是很讨人喜欢的人——我万万没想到那天会遇见他。记得那天我浑身上下泥渍斑斑，几乎没说一句话。贤三站在那里，身材笔直，穿着整洁的浆得硬挺的衣裳。即使还是个小男孩的时候，贤三就是一个傲气和自信的人了。”麻津说。

“他来干什么？”

“他问我是否有时间去他父亲的花园工作。我惊讶极了，只咕哝着说我会到他家去看看。但最后，我也没有接受他父亲的工作。因为我父亲希望我多花些时间在学习上。不过后来贤三很快在学校里找到了我，我们成了好朋友。”

“就是在那个时候你遇见了佐知子？”我问。

麻津摇摇头。“佐知子那时已经是我妹妹最好的朋友了，就是友子。她们俩简直人见人爱。大多时候她们都形影不离,嘀嘀咕咕笑个不停,从来没有注意过我。几乎没有人相信友子和我是同一对父母所生。”

“我猜你属于那种强壮和沉默型的。”我开玩笑道。

“她们对我熟视无睹。”麻津轻声说。

我低下头,一时不知道说什么才好。“贤三叔叔看起来人不错。”我最后说。

“贤三比我们所有人都聪明。他本来应该像别人那样到城里去的。如果他去了现在早就成富翁了。”

“那他为什么没去?”

麻津咳嗽了一声,擦了把脸:“在我的记忆中,贤三的父亲总是病歪歪的。作为独子,贤三觉得父亲过世之后有责任由他来照顾母亲。那时我们大概十七岁。”

我正想问麻津为什么没有离开垂水,这时蓝色的布帘一挑,贤三端着茶盘回来了。他把茶盘放在桌上,小心翼翼地递给麻津一碗米糕和满满一大杯棕色的啤酒,然后把一瓶浅粉色的冷饮递给我。

“谢谢,贤三。”麻津点头说道。接着他向贤三示意,让他挨着我坐下来。

贤三从肩上取下毛巾,擦去桌上的水迹。然后他又弯下腰,将装米糕的碗放在桌子正中央。他一屁股坐进我旁边的椅子里,浑身带着一股油烟味,还混杂着浓浓的烟草味。

麻津已经在自斟自饮,他猛灌一大口,杯子空了一半。

贤三指指我面前的玻璃杯。“请吧。”他注视着我说。

我笑着低头致意。玻璃杯握在手上又湿又冷,我抿了一口这浅粉色的饮料，味道甜丝丝的，带着些许花香。“味道很不错。”我礼貌地说。

贤三笑着转头对麻津说：“你看，这孩子品位很高。”

麻津笑呵呵地说：“你还指望什么呢，他已经很客气了。”

“真的很不错。”我又说了一遍，有点弄不明白他们之间到底发生了什么。

“你看，不是每个人都跟伟大的麻津意见一致的！”贤三叫道。

结果，我还没来得及说点什么，麻津和贤三都捧腹大笑起来。

“二十五年来，贤三一直在试图让人喜欢他的那种饮料，”麻津解释道，“到垂水来的每一个人他都试过了，无一幸免。”

“别听他的，”贤三一边说着，一边擦去桌上新的水迹，那是从麻津的啤酒瓶流下来的，“他一直在嫉妒我。”

“他疯了。”麻津呵呵笑着，伸出粗壮的手指摸了摸头。

我又喝了一口这甜甜的饮料。每一口都有新的发现——这味道越来越像一种浓烈的玫瑰花香。

“这里面有什么？”我问贤三。

结果是麻津笑着回答道：“这是他的秘密配方，谁也别想知道。”

贤三从喉咙里发出一阵低低的咆哮声，不过他什么也没说。

在昏暗的茶社里，我再一次看看麻津——就像是第一次看到他——他好像变成了一个我不认识的人，一个轻松愉快的人，一个好玩之人。我想他们早已经知己知彼，心照不宣——就像麻津总是那个弄出水渍的人，而贤三总是一丝不苟地为他擦掉。

他们粗哑的声音在空旷的茶社里低低地回荡着。

“你听说了吗？军队已经占领了苏州。村本刚才来告诉了我这个消息，”贤三说，“上海差不多已经被占领。”

麻津看了我一眼，不经意地说：“战争期间，总是谣言不断。”

听到这个消息，我的心猛地一沉。麻津转换了话题，扯到天气、茶社的生意以及他的花园上去了，这让我心里暗暗感激。我不禁思绪万千。我深深知道，上海将很快落入日本军队手中。这样，他们就会向南挺进，势不可当。我努力不去深想，心想这时如果我出去转转，说不定有机会碰到惠子和美嘉。正要找借口离开，贤三的一句问话又把我拉进了他们的谈话。

“你见到她了吗？”贤三问。

“前几天见到了，”麻津回答道，“她的状态非常好。”

“那你带鸡给她没有？”

“带了。”

“那她有没有问起我？”

麻津一口喝干杯子里剩下的啤酒。“没有，”他平静地说，“但是她让我捎了一张便条给你。”

贤三心花怒放，满脸放光。他立即站起来，越过桌子把纸条从麻津手里抢了过来，小心翼翼地放进了衬衣口袋。

“那里面有玫瑰汁，”当我们走到门外清凉的空气中时，贤三悄悄对我说，“不过只有一滴。”

我笑了起来，鞠了一躬，感谢他请我喝饮料。

“他给你说什么谎话了？”麻津问。

“这是个秘密。”我说。

贤三笑了，他瞪着麻津：“如果她需要什么，你会告诉我的吧？”

“那是当然。”麻津说。

贤三鞠了一躬，把手伸进衣服口袋里，确认便条没有掉出来。他在茶社门口只站了一小会儿，便闪身进屋，不见了踪影。

“我得去拿邮件。”麻津说。我跟在麻津身后，穿过马路向另一幢房子走过去。

“贤三也认识佐知子吗？”我立即问道。

麻津放慢脚步，转身对我说：“垂水是个弹丸之地。我们从小就互相认识的。”

“那为什么贤三自己不去看她？”

“我们年轻的时候，佐知子非常在乎贤三，但是疾病改变了一切。自从她去了山口村以后，就再也没见过他。”

“就像她再也没见过她的家人一样？”

“是的。”

“但是，他允许你去看她？”我迟疑地问道，并不奢望他会给我一个答案。

“那个时候，”麻津顿了顿，想了一下，“对佐知子来说，也许见一个她并不在意的人要容易得多。”他面无表情，转身快步进了邮局。

有一种现象总是令我惊奇——在不同的地方，邮局是如此相像，即便风俗文化大相径庭。垂水的邮局跟我在香港和广州看到的邮局一模一样。一个瘦小精壮的男人坐在铁笼子一样的窗户后面，担当着传话人的角色。简陋的房间里挤满了人，大家都排着队，低声交头接耳。麻津突然示意我等着，他去取邮件。我看着他急匆匆地跑到屋子后面，穿过一条过道，在中间某处停了下来——那里应该是他的邮箱。我问了他太多问题，希望没有冒犯到他。麻津回到我身边的时候，什么话也没说，只是递给我一只信封，上面写着我的名字。

1937年11月20日

今天早晨彻底变天了。空气中有一股阴沉的味道，我一闻便知。天灰蒙蒙的，云层又低又厚，令人窒息。麻津不时地把头伸出后门，紧张地察看天色，好像是在夜晚寻找一颗特殊的星星。他还不时地含糊不清地咕哝着什么，我听不明白，等他回到桌子跟前，却又一句话也不说。

吃过早饭，我走到花园里，再一次读起母亲的来信。我真希望过了一夜之后信的内容会完全改变。信中，她问我是否知道父亲在大阪包养情人的事。昨天我感到的是震惊和难以置信，现在，再次面对她的文字，我浑身上下刺痛不已。

我一直都知道他可能另外有什么人，一个男人离家这么远，不可能不在外面寻找慰藉。正是因为这个原因，我从来不曾找你父亲的麻烦。他也从来对我们的事全力以赴，竭尽所能。他这一辈子在日本所做的事就是他自己的生意。但是最近我从香港皇家银行的钟先生那里得知，你父亲一直都在以一个居住在日本大阪的女人的名义提款，而且数目不小。当他提出要抵押香港的房子来贷款时，钟先生觉得有必要告诉我一声。斯蒂芬，这对我而言无异于晴天霹雳。但是我首先想到的是你们这几个孩子。现在你既然已经好多了，也许你应该尽快回到神户去。你已经长大了，可以理解这些事情了。而且，一直以来你都跟父亲最亲。兴许你能查个水落石出。

她的信里除了一些礼节性的套话，总算还附带了一点别的信息，比如香港的每一个人都很好，小派很快会写信来，云云。

我坐在那里，一遍又一遍地读她的信，每读一遍就震惊一次。我不得不强迫自己将视线从她端庄、工整的字迹上挪开。我知道，母亲看似平静的语气下面其实深藏着尴尬，我真希望自己能在香港安慰她。我试着想象母亲在第一时间听到这个消息时的情形。她一定一直站在我家的阳台上，眺望着香港港口，她一只手摇动着扇子，将浊重的空气扇得流动开来，而她的另一只手则举起来遮挡阳光的照射。院子里，听得到用人们高声的抱怨，小派一定跑进跑出地，缠着她问东问西。自始至终，母亲心里只可能在揣摩一件事情：偷走我父亲爱情的女人到底是谁？

我把薄薄的信笺塞回蓝色信封，然后闭上眼睛。起风了，沉重的空气被搅动起来。我想大哭一场。母亲错了，我根本还没有足够的心智来理解这些事情。父亲从来没跟我说起过他生命里还有另外一个女人。在我眼里，他只是一个穿着干净黑西装的男人，担心我的健康，或者坐在海滩上等着我，跟我平静地谈话。我从来没见过他把钱给其他女人。我只知道一件事——我压根还没有准备好离开垂水。

傍晚的时候，风开始越刮越猛了。我坐在祖父的书桌前，正试着给母亲回信时，听到一阵狂风呼啸着穿过屋子。障子墙噼啪作响，我脚下的木板也摇晃起来。吃过午饭之后，麻津一个招呼也没打就出去了。那时我还暗自欣喜自己独自留在家，但是当我站起来的时候，感觉整个地板都在震动。我开始担心起来。

突然，我听到麻津在花园里呼唤我。我来到前门，看见他正穿过花园进屋。

“飓风就要来了。”麻津喊道。他走进玄关，叫我跟上。

在紧邻厨房的一间狭小的储藏室里，麻津拖出来几块大木板。“这些是用来挡在隔断门前的。”他一边说，一边将一块木板推给我。

我们首先把木板挡在屋前的障子窗上。天开始下雨了，风力也增强了，我们几乎无法直立行走。我无法想象如果麻津一个人该怎么办。我们快速行动，绕屋一周，当所有的障子窗都被挡起来的时候，整幢房子看起来就像是被埋葬了一样。我们四下跑动着，浑身都湿透了，确保每一种可能被水冲走的东西都被遮挡完毕。当我终于停下来喘口气的时候，我听见大海在层层上涨，波浪猛烈地撞击着房前的大路。

屋子的大门打开了，麻津站在门口，看着浪头势如破竹般地涌上来，漫过沙丘，一直冲到大路上。“你看它们会继续涨吗？”我失声叫道。

“以前有过的。”他回答道。

“那我们该怎么办？”

“等等看吧。有时候，风暴自己会渐渐平息的。”麻津说完，又转过身去看大路。

风暴似乎要永远持续下去，而且还在不断地壮大。风雨无休无止，狂暴的大海在咆哮，震耳欲聋。麻津用一张铁丝网小心翼翼地把鱼儿从漫水的池塘中舀出来，放进一只大木桶里。我看见海浪匍匐着前行，离房子越来越近，它们在竹篱笆门前涌动着，不时地窜进花园里来。海浪每次退回去，都会留下一条白色的泡沫线，标示着它们每一次前进的脚步。

“风浪越来越大了！”我冲麻津高声喊道。

他点点头表示知道了。“你最好回屋去！”他冲我叫道，旋即又发疯般地手忙脚乱起来。我刚迈步走向屋里，又立即停下来，转身跑过去帮麻津抓最后一条鱼。说时迟那时快，第一波巨浪撞开篱笆，扑过来把我们浇了个透心凉。我看见他的几条鱼被冲出了木桶，正躺在泥地上挣扎。第二波海浪更迅猛，紧跟着又一波怒吼着翻过竹篱大门，它的速度如此迅疾，力量如此强大，以致我和麻津根本来不及抓住点什么。水墙将我们连脚拔起，重重地撞向房子。我被撞得太重了，几乎昏了过去。我努力想站起来，但是还没等我反应过来，紧接着打过来的海浪砰的一声又把我撞翻了。我抓住玄关旁的一根柱子，试图再次站起来。我听见麻津在大声地叫我，但是听起来异常地遥远——好像我们已经迷失在深水之下了。

1937 年 11 月 24 日

我醒来的时候发现自己赤身躺在床上。眼前，一盏油灯闪烁着微弱的光，湿衣服堆在床边的地板上。等我头脑稍微清醒一点时，我才想起最后一幕的情景——一个急浪打过来，然后我就什么都看不见了；只有一片黑暗。不知什么原因，房子经受住了巨浪的冲袭，依旧安然挺立，这简直是个奇迹。

我试着抬起头，却感到心跳猛地加快，于是又不得不躺了回去。我闭上眼睛，直到心悸平息下来，才小心翼翼地睁开眼，希望这渐变的灯光不会伤到我的脑子。

障子窗都被木板钉死了，一点也看不出来现在到底是白天还是黑夜。屋子里一片死寂。哪里也听不到麻津的动静。我听得到外面在下雨，不过狂风似乎已经渐渐平息。潮湿的榻榻米发出一种强烈的又酸又甜的气息，充满了整个房间。我要做的，是让自己保持足够镇定，这样我才能爬起来看看情况到底怎么样了。

我慢慢地将双脚从床垫挪到榻榻米草席上，然后用尽全力撑住双臂，再慢慢地挪动上肢，弯曲成坐姿。我的头又开始突突直跳。我轻轻地按摩太阳穴，那里还粘着海水的盐渍。在右耳后面，我摸到鼓起来好大一个肿块。

我最先听到的是说话声，紧接着是进入玄关的脚步声。我立即听出来其中一个是麻津的声音，但是另外一个几乎听不出来。从麻津放松的语调来看，我知道那是他非常熟悉的人。脚步声沿着长廊一路传过来，模模糊糊地有人影停在我门前。

"你在干什么？"麻津拉开门，他的嗓音传过来时嗡嗡作响。

我对他虚弱地笑了笑。他站在门口，腮帮子上包扎了一道长长的白绷带。

"你还好吗？"我问道。

"这也正是我要问你的。"他笑着说，用手摸了摸缠着绷带的脸。

"我的头很痛。"我说着，一边让自己保持平稳。

"你被一个海浪撞到墙上的时候昏了过去。那家伙感觉比海啸还要强烈。"麻津说着又去摸脸。

我抬起羸弱的腿放回到床垫上，赶紧为自己遮羞。

"有人来看你。"麻津笑道。

直到这时我才想起来传到屋里来的是两个声音。我抬起头，正好看到佐知子从麻津身后走出来。

"佐知子！"我惊讶地叫道。在闪烁的灯光中，我感觉到了从她头巾后面散发出的微笑。我努力想坐起身来，可是我的头阵阵作痛，而且越来越强烈。

佐知子鞠了一躬。"当风暴终于过去的时候，我就决定下山来，"佐知子说，"我们在山上几乎没受什么影响，不过我从小就记得，海浪有时会变得非常暴烈。"

"谢谢你。"我感觉吞咽困难起来，有点发烧，头晕眼花的。

"我很担心你和麻津。"佐知子继续说。她转过身有点害羞地看着麻津。

"你能来我觉得很荣幸。"我努力说道，尽量让自己躺下身子的时候显得优雅一些。我竭力睁大眼睛去看佐知子。她离我这么近，我连呼吸都感到快乐起来，因为我知道，这是她四十年来第一次离开山口村。我含糊不清地问她能够待多久，希望她再也不要离开，但是我的头开始沉重起来，几乎连眼睛也睁不开了。

“你觉得我们要不要把他送去看医生？”我听见佐知子在悄声地问。

我突然很怀疑垂水是否还有医生。我想再说点什么，告诉他们我只需要闭上眼睛休息一会儿，但是这要耗去我好大的力气。

“他需要休息。”这是我听到麻津说的最后一句话。

✣ ✣ ✣

当我再次醒来的时候，一束白光透过障子窗洒满了我的房间。我瞪大眼睛，努力对抗着这一片亮光。屋子里寂静无声。我悠悠地打量四周，往事纷纷爬上心头。一开始的风暴历历在目，接踵而至的是母亲的来信，父亲的不忠，最后是佐知子的造访。我突然怀疑佐知子的出现是否只是一个幻觉。如果这不是一个梦，那她已经回到山口村了？或者有可能她还在这里？想到这里，我突然精神一振，一屁股坐了起来。

我床边的托盘上放着一壶冷茶和一些饼干。我口干舌燥，伸手拿起茶杯就喝了个精光，可还是意犹未尽。我依然感觉有些晕眩，脸红彤彤的，烧得滚烫，不过头痛消失了。

我慢慢地站了起来，舒展了一下四肢。在床上躺了这么久，我的背又酸又疼。我套上一条长裤，一件衬衫，然后蹒跚着朝厨房走去，但是那里没有人。我在想麻津是不是在花园里，或者他也有可能到镇上去了。也许他送佐知子回山口村去了。我只希望她是真的来过这里。

我站在玄关往外看，阳光明晃晃地刺得人睁不开眼睛。等终于适应了光线，我才惊讶地发现，麻津曾经美丽的花园现在已然变成了回忆。海草和海盐掩埋了一切，到处都是破砖烂瓦，到处都是断树残枝。池塘上的木桥也不知去向，大多数松树都被连根拔起，死气沉沉地倒在一片泥泞之中。空气里充斥着一股强烈的刺鼻的味道，那是海鱼和海泥发出来的。

我难以置信地在花园里察看，突然听到了一阵动静，抬头一看，原来是麻津挑着两只木桶从后面绕过来了。他左脸颊上的一次性绷带沾上了泥，变成了肮脏的棕黑色。

“唉呀，你终于起来了，”麻津说，“我还以为你可能会再睡一天。”

“我昏过去多久了？”我一边问，一边挠挠头，感觉到又一阵悸痛。

“差不多整整两天了。你中间苏醒过来一两次，但大部分时间你都处于无意识状态。佐知子让我去请医生，但是医生到海边偏远的地方救死扶伤去了，”麻津放下木桶，严肃地说，“你让我们非常担心。”

“只是头痛而已，”我安慰他说，“佐知子还在这里吗？我还以为她是我想象中的幻觉。”

麻津哈哈大笑起来。“佐知子，”他大声喊道，“来看看谁起死回生了！”

不一会儿，佐知子出现了，她从屋后绕了过来。她用围巾紧紧包着脸，一看见我就高兴地连连鞠躬。

“斯蒂芬，真高兴看到你好起来了。”她说。

“我还以为你只是一个幻觉呢。”我说。

佐知子乐了。“你看，我真的在这里呢。我今天早晨又来的，来看看你是否已经好些了。”

“谢谢你，我感到很荣幸。”我低头致意道，但当我重新站直身体的时候，我又感到一阵抽痛。

佐知子看向别处，有点发窘。“麻津也需要有人帮助他打理花园。”

“风暴摧毁了一切。”麻津说道。他指了指那些被连根拔起的木棉树，它们曾是他的最爱。

“我很难过。”我嘶哑着嗓子说。

“没有什么东西是不可替代的。”佐知子平静地说道。

“我可以帮忙吗？”我问道，随即退后一步，虚弱地靠在玄关上。

“别担心花园的事情，”麻津回答道，“你要做的第一件事是恢复体力。”

“要恢复健康，没有比在新鲜空气中干活更好的选择了。”我有点不服气地说。

这时，只听见佐知子转过去对麻津柔声说：“我记得你曾经对我说，园艺工作能够让我获得新生。”

麻津看着佐知子，挠挠头，想了想，说：“那么只能干轻活儿，其他的等你好些再说。”

1937年11月30日

每天一大早佐知子就从山口村下山，当我起来吃早饭的时候，她已经在花园里辛辛苦苦地工作了。她一定是天不亮就起床，在破晓时分抵达，而直到夕阳西下，她才会离去——在天黑之前，没入一片灰蒙蒙的薄雾之中。麻津总是送她到山顶。他回来的时候总是一副心平气和的样子，我知道那是只有佐知子才能给予的平静。

在花园里劳作时佐知子和我成了好朋友。昨天和今天我们重新栽下了一些松树苗，又把池塘清洗了一遍。麻津在池塘上建好了一座新桥，又跑到村子里捕了一些鱼苗放进去。我请他帮忙邮寄一封写给母亲的措辞含糊的简信——我简单谈了谈风暴的情况，我的旧病复发，以及我将尽快给她写一封更完整的信等等。我唯一想让母亲明白的一件事是，我还得在垂水休养一阵子，我也会尽快跟父亲谈谈。不过一想到将要面对父亲，我的胃就有点不舒服。

每天在花园里跟佐知子并肩劳动，我感觉强壮多了。只要我把双手插进冰冷的黑土，嗅到潮湿的泥土味和松树香，头痛就会大大缓解。随着冬天的到来，甚至冷风也会让我感觉活力大增。

“在这儿你感觉如何？”今天早晨我问佐知子。

她正跪在池塘边铺苔藓。麻津重新搭建的木桥就在身边，雪松在寒风中散发着阵阵清香。她把围巾朝脸上拉紧，转头看向我。“感觉活在这世上像一场梦，”佐知子回答道，“我一直在等待着醒过来的那一刻。”

“我曾经想请你来我们这里做客。”我一边说，一边挖了一个坑，大小足以把一棵麻津让我们重栽的小松树栽下去。

“一场风暴终于让我下山来了。”佐知子说道。她转过头继续手里的工作，将我已经开挖的坑挖得再深一些。

“那你以前有没有想过下山呢？”

佐知子犹豫了一下。“麻津曾经邀请过我。”

“但你从来没有答应？”

“我没有勇气。”

“那为什么现在有了？”我问道。我没有停下手里的活儿，也不敢朝佐知子那边看。

“我为了你和麻津而来，不是为了我自己。”

我心跳加速。“我永远不会忘了你的好意。”我瞥了她一眼说。

佐知子笑了笑，没说话。

“难道你从来不想念家人吗，还有你的老朋友，比如贤三叔叔？”过了好一阵，我终于忍不住脱口而出。就在吐出这几个字的一瞬间，我马上就后悔了，这个问题实在是太私人了。

佐知子缓缓站起身，抖掉棕黑色和服上沾着的泥土。她把头上的围巾拉紧了一些，转头看向大门口。那一刻，我仿佛看见麻津正穿过大门走过来，他大发雷霆，为我的无礼气恼不已。

但我还没来得及开口说点什么，佐知子就转过身来直视着我。“那么你已经见过贤三了，”她说着，停下来有点出神，“他是一个让人难以忘怀的朋友，但是思念已经不在。我在山口村交了很多新朋友，再说，麻津一直都在的。”

“抱歉我问个不停，”我赶紧站起来，向她鞠躬致歉，“我知道这实在是太难为你了。”

“我很荣幸，你很在乎我才会这么问的。”佐知子说。她转身指向麻津新修的栈桥，它几乎跟以前那座一模一样，上行和下行的曲线形成一条美丽的弧线。“麻津有一次告诉我，桥代表着日本武士的一条艰难之路，那是从此生走向来生的必经之路。当你来到桥的最高处，你就能看见通往天堂的路。过去的这几天我似乎隐隐约约地看到了——简单地活着，无所畏惧地活着，就已是身在真正的天堂。”

我摸了摸栈桥，它只及我身高的一半——突然，我有点迫不及待地想看看它回到重新养满了鱼的池塘上空的样子。我不知该说什么才好。

我们站在那里，沉默以对，不知所措，直到佐知子叹了口气，指着躺在地上的一棵松树：“我帮你把树栽进去吧。”她说。

我们小心翼翼地扶起这棵被连根拔起的松树，把它轻轻放进刚挖好的土坑里。我用铁锹将泥土铲回去，佐知子则蹲下来，细细地松土，再捧进坑里去。

“你觉得它能重活吗？”我问。

“没有谁比麻津更了解这座花园了，”佐知子说，“用不了多久，它就会看起来跟你画中一个样了。”

“你看过画了吗？”

“麻津很早就给我展示了你的画作。他为你感到非常骄傲。”

“他从来没对我说过一个字。”我喃喃道。

佐知子仰头笑了。“跟麻津在一起，一切都在不言中。”

有时佐知子全神贯注地干活，稍不注意的时候，她的头巾会松开，这样我就能看见她脸颊上皱巴巴的白色麻风斑。我寻思着这些疤痕到底像什么；那些半透明的线条在她脸侧蔓延开来，像一幅地图。我越是多看，它们所传达给我的害怕和抗拒感就越微弱。她依然很美——我很想告诉佐知子这一点，但是又害怕这会令她尴尬，从而又把自己藏回深山。

有佐知子在身边，麻津明显开心多了。跟她在一起，他总是温柔备至。他们低声说话时，他总是逗得她咯咯直笑。“小花。”他这样称呼佐知子，在她悲叹他失去了秋天所有的花时。其实对他而言，他真正在乎的唯有她这朵花。有时候我在想，如果疾病没有落到佐知子头上，他们的生活会怎么样。他们会结婚并一起幸福地生活在垂水吗？佐知子会嫁给贤三吗？或者，佐知子会像别人那样离乡背井，在别处找到新的生活？也许佐知子是对的，过去的大门应该关上才是。

时事新闻依然很沉重。当我们在厨房快乐地享用午餐时，麻津收音机里正在播放的音乐声突然被一声宣告打断：“至高无上的日本帝国军队已经成功地将上海置于我们的保护之下。”

麻津看着我，他紧紧抿住双唇，脸上的笑容在慢慢消失。佐知子低着头，一声不吭。我感觉刚吃下去的面条卡在嗓子眼，发不出声音来。

✣ ✣ ✣

直到今天晚上又看见了惠子，我的兴致才高涨起来。麻津出门陪佐知子走回山口村去了，我则待在花园里干活，尽量不去想中国的战事。我先是看到了竹篱笆间晃动的影子，接着又听到了低低的说话声，有人在前门停了下来。我站着一动不动，静观其变。低语声在继续，接着是窸窸窣窣有人离去的声音。我正准备去打开竹门，却从门外传来了敲门声。我打开门一看，原来是惠子，她一个人站在那里，穿一件蓝色的和服，外面罩了一件夹袄。

“你好。”她鞠躬道。

“你好，惠子小姐，”我说，“美嘉呢？”

“她回去了，”惠子害羞地说，“听说你身体欠佳，我们给你带了些东西来。”她说着递给我一只用褐紫色的棉布紧扎起来的黑漆盒。

我鞠躬致谢。“那，非常感谢。你不进来吗？”

惠子摇摇头。“不了，谢谢，我得回家了。”

她转身欲走，趁她还未迈步，我赶紧问道：“什么时候能再见面聊聊天吗？我们的见面一直都很仓促。”

“垂水很小，我们肯定很快会再见面的。”惠子回答道。她的视线始终落在地上。

“我想，可能的话我们可以约个时间吧。”我坚持道。

惠子羞涩地抬起头。“那么明天上午，我们第一次说话的那个海滩吧。”她说完，赶紧鞠了一躬，便朝通往镇上的路走去。

“什么时间？”我问。

惠子停下脚步，转过身来。“十点吧。”她对我喊道。她犹豫片刻，挥了挥手，又继续上路。

“那我们十点见。”我说，但是她步履匆匆，不知道是否听到了。

麻津回到家的时候，我早已迫不及待。当时我已经躺在床上，听到他进玄关，便赶紧拉开门，赶在他去厨房前，把漆盒拿给他看。

“这是什么？”他奇怪地问。

“惠子小姐送的问候礼——我跟你提过的女孩中的一个。我明天上午要去见她。你想吃一点吗？”

麻津打开盒子，笑了。“自家做的羊羹啊。这个女孩一定对你有特殊的好感。”他打趣道。

“对我有好感的女孩何止一个两个。”我笑道。

麻津拣起一只长方形的红豆糕，一口塞进嘴里，细细品尝。“很好吃。”他冲我眨眨眼。

“佐知子给你做过羊羹吗？”我忍不住问道。

麻津开怀大笑，道：“我觉得你是不是应该问我——是否给佐知子做过羊羹？”

“你做过吗？”

“我从来不敢。”

“为什么？”

“那个时候，我怕她还给我。”

“彼一时，此一时。”我说。

麻津笑了。他从盒子里飞快地拣起另一只羊羹，然后递给我。“为了你明天的大日子，你最好休息去吧。”

我忽然想起来佐知子还会下山来的。“那佐知子怎么办？”我问。

“我想，她能忍受我陪伴她一个上午的。”麻津向我保证道。

“可能只有一个早上哦。”我笑着，盖上漆盒。

1937年12月1日

今天早晨我起床的时候，麻津和佐知子已经在花园里并肩劳动了。我站在玄关看着他们——他们背对着我，以一种默契的节奏忙前忙后。佐知子好像在全力以赴地对付面前的什么东西，浑然不知自己的围巾已经慢慢滑落到了肩上。我第一次看到，佐知子的一头黑发已经白发丛生，还有她苍白的颈项。麻津弯下身子去帮她，在她耳边悄悄说了些什么，惹得她眉开眼笑。我意识到，对她而言，过一种普通人的生活，而不必把自己隐藏在一群伤病者当中，这感觉有多么幸福。然而疾病使他们经年累月鲽离鹣背，这实在太不公平。

我从玄关走下台阶，在花园里走走看看。现在它已经慢慢恢复了昔日的美丽。松树已经重新栽回去了，残砖破瓦也清理得差不多了，麻津在池塘上新架了一座雪松的武士桥。不过它跟以前相比又有所不同。因为佐知子的到来丰富了花园的内在，使得整座花园都在低声吟唱。

“早上好。”我朝他们喊道。

麻津转过身。佐知子立即站了起来，系上头巾，点点头算是回复我的问候。麻津抬起手挥舞了一下，好像是在打招呼，然后又指指屋里，意思是早餐在厨房。

“我一点都不饿。”我一边说着，一边向他们走过去。

“啊，吃了太多羊羹呢。”麻津跟我开玩笑道。

“羊羹？”佐知子重复了一遍。

“今天上午他要去见的女孩送给他的慰问礼。”麻津说，根本不给我插嘴的机会。

佐知子忙不迭地点头，笑着说：“像斯蒂芬这样的小伙子应该拥有许多朋友才是。”

“我不会去很久的。”我说。

佐知子又点点头。“我们就在这里。”她说。

麻津笑着自顾干活去了。他打了个手势示意佐知子扶住一棵幼小的木棉树，以便他取下根部的粗麻布，然后他们齐心协力将它栽了下去。在那时候，我才意识到——我不在身边，他们会更自在。

我比惠子早一些来到海滩。我心里不止一次想：她可能不会露面了。不过我还是排除了这个念头，耐心等待。空气凛冽。这是这个星期以来第一次云破日出，沙滩上很奇怪地一片光辉灿烂，不过风暴残留的痕迹随处可见。我四下里漫步，路过一摊又一摊海藻，跨过一条又一条树枝，海水也死气沉沉的，一片萧条。空气中有一股咸丝丝的鱼干味。海面风平浪静，海水轻轻拍打着沙滩，它们能够制造出这么巨大的灾难实在是令人不可思议。我转过身，用手遮挡住耀眼的阳光，放眼观望大海。深蓝色的海水像一面镜子倒映着天空，也像它一样，连绵不绝，无边无际。

远远地传来一阵嘎吱嘎吱的声音，引起了我的注意。我望向沙丘的方向，一眼就看见了惠子——她穿着一件藏蓝底子上洒着浅色花纹的和服。当她急急忙忙地奔向我的时候，木屐踢踏，白沙纷纷扬起，风大口大口地灌起她的宽袍大袖。见美嘉没跟她在一起，我大大地松了一口气。

“你好，斯蒂芬君。”她一边鞠躬一边说。她齐腰的长发束在脑后，露出一张精致的、红润的脸。她和服上的印花是一些白色小圆圈。

我笑着鞠躬道："你好，惠子小姐，希望没有让你太赶路。"

惠子拂去和服上的沙子，又鞠了一躬，说："我迟到了，很抱歉。"

"你能来我就很高兴了。"

"我不得不确定美嘉……"她说。

"希望美嘉不会介意。"我插了一句，突然意识到她们姐妹俩可能从来都是形影不离的。

"她没事的。"惠子说着，突然噗嗤一声笑了起来。她赶紧抬手捂住嘴——她的手既修长又白皙。

"什么事情这么好笑？"

"美嘉正在家里洗衣服呢。今天早晨我跟她打赌，赌她安静不了五分钟——现在她不得不一个人洗衣服了。"

"那么她忍不住说话了？"

"不一会儿她就忍不住了，"惠子笑道，"只有这样，我才能一个人跑出来。"

海滩空无一人，我们漫无边际地走着。一开始，惠子慌慌张张地，生怕美嘉会找到我们，不过没多久，她就放下心来，不再频频回头。当她别过脸的时候，我偷偷地看了她一两眼——她的皮肤光滑白皙，鼻梁挺直，眼眸漆黑。惠子个子很高，当她不在鞠躬或者低头看地的时候，站直了正好齐到我的下巴和鼻子之间。如果金现在看到我，他一定会迫不及待地跟我交换位置。

"羊羹很好吃。"我说。

“希望你已经好些了，斯蒂芬君。”惠子说，眼睛注视着我们前面的沙滩。

“是的，好多了。我已经在帮麻津打理花园了。”

“我听说，麻津是一位园艺大师。”

“是的。”我说，为麻津的手艺在村子里家喻户晓而感到骄傲。

惠子稍微沉默了一会儿，害羞地看向我，问道：“在香港那样的大城市生活，是什么样子？”

“嘈杂，拥挤，不过除了去电影院和料理店，也总是有许多事情可做。”

“你想念那里的生活吗？”

我看着她，笑了。“有时候会，但是现在一点也不。”

惠子看向别处，有点窘迫的样子。在我们沉默的当儿，我听见屈指可数的几只海鸥在沙哑地喊叫着。我们沿着海滩走了一会儿，她停下来，问道：“我们坐会儿吧？”

“当然。”我说。

我们在湿冷的白沙滩上坐了下来。我把一大堆管状海藻扔到一边，心想要是早点想到带点什么东西来给她垫着坐就好了。

“你坐在这儿感觉还舒服吗？”我问。

惠子点点头，凝视着大海。“风暴之后这里总是非常美丽。所有的破坏过去，只剩下一片安详宁静。这一次我们非常幸运，风暴仅仅是触摸了村子一下而已。”

“我们对大自然并没有多少控制力。”我插了一句，想起了经常袭击香港的台风。它们席卷而来，所到之处，大树被连根拔起，视线所及皆残砖破瓦，甚至连临时搭建的寮屋也被吹飞了，铁皮碎片遍布全岛。

惠子笑着说："这倒是提醒我们只能自力更生。父母告诉我，许多年前，曾经有一场风暴几乎摧毁了最早的垂水村，村民们为在哪里重建村庄争论不休，因为他们害怕若是再来一场风暴又会前功尽弃。只有一个渔民站起来，他拒绝搬迁到任何别的地方去，因为他相信打渔的风水宝地就在此处。他说，每一次的风暴只会让他们变得更加坚强——如果他们一直携带着有关它的记忆和力量，并用它来做好准备对付下一场风暴的话。垂水于是从此屹立不倒。"

"你一直都住在垂水吗？"

"美嘉和我正好都出生在这里。我的哥哥是在神户附近出生的。"

"你还有一个哥哥？"我惊奇地问。

"是的，"她笑着问，"那你有兄弟姊妹吗？"

"我有两个妹妹和一个弟弟。大妹妹和弟弟在澳门读书，小妹妹在香港。美嘉让我想起了她。"

惠子突然转过身向后看。"我现在得回去了。我的家人会很奇怪，我到哪儿去了。"

我们站起来，拍掉衣服上的沙子。潮湿的沙滩在我的休闲裤上留下了一块湿渍，希望惠子没有注意到。我让她走在前面，我跟在后面。

"你哥哥现在在哪里？"我问。

惠子看向远方，犹豫了一会儿，才说："他从了军，现在在中国。"

接下来我们都陷入了沉默。我在想，也许他的哥哥正在上海庆祝几个月以来打的胜仗。我转身想去看看惠子是否跟我的想法一样。我以为会看见她在发抖，但是她只是用双臂环抱自己，让自己感觉更暖和一些。然后，她加快了步伐，聚精会神地直视前方，脸色平静，我一点也看不出来她到底在想什么。

我送惠子回村子，走到半途她停了下来，对我鞠躬道："那么，非常感谢，斯蒂芬君，就到这里吧，剩下的路我自己走回去。"

"你确定？"我问。

"我认为这样比较明智。"她笑道。

"你害怕被人看见跟我在一起？"

"我的父亲非常保守。"惠子答道。

我马上问："那我们能再见面吗？"

"我想我们会再见的。"她回答道，眼神始终躲着我。

"期盼与你的下次见面。"我行礼道。

惠子抬眼看看我，羞涩地笑着，说："再见了，斯蒂芬君。"

我还没来得及再说点什么，惠子已经迅速转身，沿着回村的道路向前走去。就在那一刹那，我意识到自己想再见到她的愿望是如此强烈，我紧紧咬住嘴唇，才没有叫出她的名字。我看着惠子消失在小路尽头，一朵小小的乌云正从她背后升起来。

等我回到家时，午饭时间早过了，我简直饥肠辘辘。但我急切地想向麻津和佐知子汇报与惠子一起度过的上午时光。我原本以为他们还在干活，能在花园找到他们，但是当我进到大门时，花园里空无一人。先是一阵寂静，紧接着从屋子里传来一阵大喊大叫。

我走到玄关的时候，就知道大事不好了。从厨房里传来的声音不只有佐知子和麻津的，还有另外一个人。他怒气冲冲，言辞激烈，我听得不太清楚。我沿着走廊悄悄走过去，在我房间门口停了下来。

“你们还一直对我撒别的什么谎来着？”他咆哮道。

是麻津的声音在回答：“我们从来没有对你撒过谎，贤三！”

“你从来没说过真话！”

“求求你，贤三君，你不了解情况。”我听见佐知子在恳求。

我朝厨房门走近了一些，小心翼翼地站在过道里，尽量让自己不被发现。我看见佐知子靠在麻津身边缩成一团，紧紧拉住围巾。贤三与他们怒目相对，一张瘦长的脸涨得通红。他与此前我在茶社遇见的那个镇定、优雅的男人相比，简直判若两人。

“我什么都知道！”贤三咆哮道，手臂在空中狂乱地挥舞着。

“贤三！”麻津厉声喝道，走向他。

贤三猝不及防地猛扑向前，一把将麻津推了回去。麻津一个踉跄，但他随即就稳住了，不过并没有还手。他比贤三敦实多了，也强壮多了，轻而易举就能将他打趴，但是麻津只是静静地站着。这似乎更加激怒了贤三。他拳头紧握，从心底里发出一声低吼。接着，他突然转向佐知子，一把将围巾从她脸上扯了下来。围巾落地的那一瞬间，佐知子低低地尖叫了一声。在那一刹那，他们都目瞪口呆：在明亮的阳光下，那些白色的皱巴巴的疤痕显得非常刺眼。

贤三向后猛退几步：“你简直是一个怪物！”他嚎叫道，开始歇斯底里地狂笑起来。

佐知子从贤三身边逃开，她麻利地从地上捡起围巾，把脸遮了起来。我紧紧抓住门框。我很想帮她做点什么，但是我知道这个场合根本轮不到我出场。我艰难地深呼一口气，等待着麻津做点什么。

“一个怪物！”贤三又是一声咆哮。

这时麻津才恢复了说话的能力。“你才是怪物。”他说道，声音又低又沉，带着威胁的意味。他跨步上前，将贤三一直推到后门。他把贤三重重地撞到门上，又去揪他的肩膀。

“麻津！”佐知子尖叫一声。

但麻津继续向贤三逼近，他一把抓住贤三的肩膀，把他扔出了门外。贤三狼狈不堪地滚下台阶，跌落到地上。然后麻津站在门口，没有再动手。我上前几步，正好看见贤三慌乱地从地上站起来。

“想想！我把这么多年的时间都耗在一个怪物身上！”贤三一边声嘶力竭地叫着，一边踉跄着往后退，“现在我什么都明白了！她是你的了，麻津，没有人会再要她了！”

麻津没有再说一个字，他只是护着佐知子。她站在他身后，无助地啜泣着，拉扯着围巾把头包得紧紧的。

我快步回到房间，重重地靠在墙上，就好像刚才是我对贤三大打出手。我不想让佐知子知道我刚才目睹了她所受到的屈辱。如果她知道了，也许就再也不能面对我了。我只想告诉她，她非常美丽，我想让她知道，她根本用不着躲避任何人，尤其是像贤三那样的冷酷之辈。但是我知道，我这样的话只会是浪费时间——对她而言毫无用处，而贤三的每一句话对她都意味着全部。所以我干脆躲着他们，直到我听见他们的脚步声穿过整幢屋子，麻津的轻言细语也变得越来越模糊。我感觉一阵窒息，一股空虚感接踵而至，我从心里明白，佐知子回山口村去了，再也不会回来了。

1937 年 12 月 2 日

“佐知子已经回山口村了。”麻津昨天回来的时候，只说了这么多。然后他就一头钻进花园里，动手在池塘四周铺上更多的苔藓。

一直到吃晚餐时——我们吃的是米饭和卤汁鳗鱼——他才突然抬起头，想起来问：“今天上午你见着那个女孩了吗？”

“是的，”我回答道，“我们度过了一段快乐时光。”

然后沉默沉甸甸地充满了整个厨房，我听见自己的筷子扒拉碗的声音。我环顾这间小小的厨房，没有任何迹象表明下午曾经发生了那样的事情。

麻津放下碗，摩挲着下巴。他吃得很少，看起来焦躁不安。我想自己最好少说话，置身事外。

“今天下午这里出了一点麻烦事。”他突然开口道，声音听起来低沉而沮丧。

“我知道。”

麻津瞪大眼睛看着我：“你知道？”

“我回来的时候听到了你们的争吵声。一开始我并不知道那是贤三叔叔，直到后来我听到他的吼叫。”

麻津缓缓地摇头。“好，这样我就不用向你解释为什么佐知子再也不来我们这里了，”他身子往前靠在餐桌上，“贤三几乎从来不到家里来，但是他忘了交给我一封写给佐知子的信，所以他就决定自己送过来。他从大门进来的时候我们正在花园里干活。我们以为是你回来了，所以佐知子没有想起来起身去躲一下。等我意识到不是你的时候,已经太迟了。贤三并没有马上认出那就是佐知子。他呆立了一会儿,好像很奇怪怎么会有个女人跟我在一起。是佐知子站在那里鞠躬,她认出了贤三,叫出了他的名字。一听到她的声音,我一看贤三的眼神就知道他也认出她了——他向前走了一步,停下来,低声叫着她的名字。而当佐知子再次鞠躬、点头确认的时候,贤三却只呆站着一言不发。是佐知子请他进屋喝茶的。”

“那你说什么没有?”

“我能说什么呢?我一直让贤三相信佐知子将永远不会从山口村走出来了。事实确实也如此——如果不是风暴的话,她是不会下山的。”

“为什么贤三仍然对佐知子怀有如此强烈的情结?”我问道。

麻津没有回答,而是站起来去打开木盆上面的小橱柜,取出一瓶威士忌和一只玻璃杯。

“他们曾经订过婚,”他终于回答道,“佐知子是贤三唯一爱过的女孩。我是他最好的朋友,当瘟疫降临时,我又成了他的中间人。一开始他没有勇气来面对佐知子,但是后来等他意识到自己有多爱佐知子时,他的家人却禁止他去山口村。于是我就成了他们之间唯一的联系人。”

“那么你的感情又怎么办呢?”我鼓足勇气问。

麻津把威士忌倒满杯子,喝了一大口。当他再次开口时,声音变得生硬起来。“贤三从小就是我最好的朋友。如果我对佐知子怀有好感,他是绝对想不到的。”

“但是已经过去这么多年了。”我说。

“我从来没见过贤三如此暴跳如雷。多年来我们惺惺相惜,从来没有红过脸。我误导了他，也侮辱了自己，让我们友谊蒙受耻辱。”麻津说着，一口气喝完了杯中的酒。

“他的父母去世后，为什么他不亲自去看望佐知子呢？”

“已经太晚了，”麻津说，“到那时，一想到要去看她，他就害怕不已。他为自己的软弱感到羞愧。通过我来传达反而要容易一些。”

我顿了顿，说道：“为什么佐知子现在不能回村里来，这简直是无稽之谈。”

麻津重重地坐到凳子上。“她已经熬过生命中的一次羞辱了，现在因为我这个愚蠢的老男人，她将不得不再经历一次。”

“我可以和她谈谈。”

“没有用的。”麻津一个劲地说。

“我可以试试。”

突然，麻津整个身子从桌子上探过来，粗糙有力的双手在我肩上重重一握，坚定地说：“我不会让佐知子再受到任何伤害了。”

第二部

冬

1937年12月5日

我试着重拾画笔，但是收效甚微。佐知子突然返回山口村，这让我忧心忡忡。自从和贤三发生冲突后，麻津终日在花园里独自劳作。花园再一次成了他的避难所，是他唯一能感到安慰的所在。在那里，麻津变成了一位艺术家——他挥洒色彩，增减自如。可是，即使花园已经恢复了从前的面貌，有一些东西却无可挽回地失去了。佐知子的出现曾经让我们神迷，让花园炫目，她这一走，留下了一个无法填补的巨大空洞。

今天早晨，我下定决心去拜访佐知子，不管麻津同意不同意。我犹豫着要不要告诉他，但是最后决定保密。我怕麻津不让我去，或者更糟糕的是，他要跟我一起去。我需要单独见见佐知子。

这是我来到垂水后第一次比麻津起得还早。万籁俱寂中，屋子发出一阵嘎吱嘎吱的响声。我悄悄走进厨房，听到麻津的小房间里有响动，那是他睡得不很踏实的声音。我写便条撒谎说自己睡不着出去走走，感到身体一阵发热。然后我在便条上草草落款，将它留在餐桌上。

屋外，太阳刚刚升起，天空泛起一抹鱼肚白。再过一会儿，麻津也该起床了。我关上身后的竹篱门，踏上通往山口村的路。

清晨寒风凛冽，我的嘴唇和手指都冻僵了。由于迫切，我的双腿甚至有点发虚。这是我第一次没有麻津的陪伴单独成行。如果佐知子不愿意见我怎么办？我该安静地离开，还是应该迫使她听我说完想说的话？我到底想说些什么？当我缓步上山时，这些念头在我脑海里左冲右突。

我到达山口村的时候，有点上气不接下气，浑身冒汗。风暴之后，我除了帮麻津清理花园，几乎没干过什么重活。我歇了一会儿，喘口气。每次肺部疼痛对我来说都是一种暗示——我已经隐形了。每晚入睡前，在半明半暗的房间里，当我看着障子窗外松树乱舞的影子，这些念头经常会紧紧地抓住我不放。

等我缓过劲来，便穿过山口村向佐知子的屋子走去。晨光熹微，把村庄从沉睡中唤醒。有人在熬草药，空气中散发着一股刺鼻的味道，让我想起佐知子痛苦的眼泪。当我匆匆经过那屋子时，隐约可以听到说话声，看得到人影在晃动。当佐知子的小屋就在我的眼前时，我决定这样跟她说——听说她再也不下山来看我们了，有点担心她。这个借口不够充分，但是我想佐知子不会介意。

我踏上她屋前的台阶，轻轻敲门。没有回应，我又敲了几下，耐心等待着。我从来没想过佐知子可能不在家。过了一会儿，我听到屋子里隐隐约约地发出一阵声响，接着前门开了一条缝。

“谁呀？”是佐知子的声音，很亲切。

“是我，斯蒂芬。”我回答道。

门打开了，佐知子将脸上的围巾扯紧，朝我鞠躬。“早，斯蒂芬，见到你很高兴。”她说，明显感到很意外。

“早。”我鞠躬道。

“麻津跟你一起来的吗？”佐知子问道。她走过来朝我身后看。

“没有，是我自己单独来的。他告诉我你会有一段时间不能下山到家里来，我在想你是不是病了——兴许我能帮得上忙。”

佐知子别过脸。她走回去把门开大一点。“请进，斯蒂芬。”她说。

一进到她温暖的屋子里，我就被一股粥香包围了。

“请坐。”佐知子说着，指了指黑漆桌下面的垫子。接着她进了厨房，一会儿就端着两杯茶回来了。“一大早赶远路，你一定冻坏了，也渴坏了吧。”

我从她手里接过陶杯，呷了一口。茶水温暖而略带苦味，滋润着我干燥的喉咙。我微笑着抬头问她：“一切都好吧？”

“麻津没有告诉你别的什么吗？”她问。

“他说得不多。”

佐知子轻轻笑了，抿了一口茶。“这就是麻津。”佐知子说着，摇了摇头。她坐在桌子对面。“麻津本不想告诉你，我再也不能去垂水了。我的出现给你们大家带来了耻辱。”

“这话什么意思？”我问。

“那天早晨你出去的时候，我被贤三看见了。”

“那有什么区别吗？”

“我让你和麻津都丢脸了，还有我自己。”

“你没有让任何人丢脸。”我说。

佐知子低垂着眼睛。“我真应该永远不要回到垂水去。我早该知道，即使事情过去了这么多年，终究是逃不掉的。贤三看到麻津和我在一起，变得气急败坏。他以为这么多年来我们都在有目的地欺骗他。”

“但是，兴许你跟麻津永远不会成为朋友的，要不是——”

“没有任何理由。”佐知子打断了我，声音有些颤抖。

我放下茶杯，紧紧盯着佐知子——我看到的是一张隐藏在黑色围巾下苍白而疲惫的脸。她声音里有一种东西让我想越过桌子，握住她的手。我不假思索地向她靠过去，接下来的一刹那，我举起手来，伸进她的围巾里，放在了那些白色的皱巴巴的疤痕上。它们比我想象中要光滑一些，像是手臂上突起的筋脉。佐知子一开始呆若木鸡，完全没意识到发生了什么。等反应过来的时候，她眼睛先是瞪得大大的，随即发出一声短促的哭喊，赶紧把脸掉过去了。

她从桌边站起来，从我身边逃开。“你得走了，斯蒂芬。”

“我到这里来，就是想要告诉你，你根本不需要躲着我们，这些疤痕对我来说没什么，我知道麻津也从来不介意。”我激动地说。

佐知子继续往后退。“我不会再玷污你们了，”她重复道，“请吧，你现在必须走。”

我站起来，心跳加速。我知道，如果没有说服佐知子，让她明白她从来没有玷污过任何人，我就不能走。我并不想让她不安，但也不明白到底是什么支配着我，让我去触摸她的疤痕。

“我只是想跟你谈谈，”我恳求道，“如果伤害了你，我很抱歉。”

佐知子慢慢地摇头：“没有什么好谈的。”

“有很多可以谈——麻津需要你！”我终于说了出来。

佐知子停住了。她看起来被吓住了。她肃立片刻，然后，一句话也没说，把围巾从脸上一扯。她把损毁的脸对着我，左眼尽力睁得大大的。麻风斑像一张虬结的白蛛网，从她的下巴一直延伸到眼睛。她的鼻子被咬掉了一小块，嘴巴附近有一个小坑，这让她的下唇有些凹陷。我看到她整张脸的震惊程度，远甚于这些扭曲的疤痕带给我的恐惧。她的头发梳在脑后，紧紧地盘成一只发髻。从她的那只完好的眼睛里，我仍然能看出她年轻时的美丽——如果佐知子是想让我震惊，那么现在该轮到她大吃一惊了——实际上，从见到她的那一刻起，我就知道她魅力非凡。不过我也是在逐渐了解佐知子之后，才开始明白她到底有多美。

“麻津需要这些吗？”她喃喃低语着，任黑围巾散落在肩上。

自始至终，我的眼睛没有从她满是疤痕的脸上移开。

“是的。”我回答道。

佐知子低下头，再也没说话。

我以为佐知子会送我到前门，简单告个别，最后说声再见。结果，她只是冲我点了个头，示意我跟她走。我站起来，等她拉开通往花园的屏风，一起走了出去。

花园空旷而明净，阳光有点刺眼，过了一会儿我才适应。湿漉漉的松树味道很强烈，平添了一种安宁祥和的气氛，这些都是她一手打造出来的。

佐知子当即就动手干起活来，就当我不存在似的。她抓起一把齿状的钉耙，跨进了那一片灰色的石海。随着一阵轻快的梳耙动作，在她面前，石子重新呈现出波浪的造型。她的围巾始终垂挂在肩头，她也不再试图把脸遮盖起来。石子相互撞击着，发出噼噼啪啪的声音，让我想起母亲的麻将牌。

那时，我衷心希望母亲已经好起来了。第一次收到她谈及父亲的信时，我简直不敢相信自己的眼睛，紧跟而来的是我自私的想法——我的生活已经够混乱的了，现在又要再一次被扰乱了。直到现在，我才大概明白父亲的不忠对母亲意味着什么，她一定深受伤害。我想，一回去，就给母亲写一封长信。

我站在一旁，目睹佐知子从劳动中重获勇气和动力。她一步步径自往后退着，一直回到最初开始的地方——每耙一下，她的足迹就被完全覆盖。突然，佐知子停下来面向我。

“你愿意搭把手吗？”她问。

“我可不想破坏图案。”我耸耸肩回答道，向后连退几步。

佐知子抬起右手，掩嘴而笑。“斯蒂芬，你怎么可能会破坏石头呢？你完全可以对它们进行重新排列，而且谁知道会不会变得更好看呢。”

她把钉耙递给我，让我过去。我握着钉耙慢慢地在石子中推进，尽量小心翼翼地不弄乱原本流畅的波纹。这是一种很奇特的感受，跟使用画笔和颜料作画的流畅性有很大不同，也不同于在水和泥土里的运作。石子的重量与每一次耙动相抗衡，有一种明显的滞重感和持久性。

"我经常改变石头的图案，"佐知子说，"在花园刚刚开辟的时候，有时我一天会改变好几次。"

"麻津怎么看？"我停下来问。

"麻津不置可否。他知道这是我保持尊严的唯一途径。"

我沉吟不语，不知道说什么才好。

过了一会儿，佐知子的声音又传了过来："谁知道到头来是麻津救了我的命。我一直以为应该是贤三，直到灾难性的那一天来临——那一天，友子自杀了。"

"友子？"

"麻津的妹妹，"佐知子顿了顿，"他的小妹妹。她是我最好的朋友，非常漂亮。她好像是集中了他们全家所有人的美。"

"她自杀了？"

"因为这个。"佐知子指着自己满是疤痕的脸说道。

"我很抱歉让你说这些。"

佐知子摇摇头。"友子是垂水最早意识到事情不对劲的人之一。她发现手臂上出现了疹子，怎么都消不掉。那时，我们都不以为然。疹子扩散时，友子不知如何是好。她变得安静了，再也不肯离开自己的屋子，连我求她跟我一起走走也不行。从孩提时代我们就经常出没于沙滩上，高声大笑，吸引别人注意。就好像我们拥有整个村庄似的。"

"那时你认识麻津吗？"

"他只是友子的哥哥而已：永远在花园里闷头干活的哥哥。"佐知子停顿片刻，"为什么友子会是村子里第一个被选中的，永远不会有人知道。也许是因为我们俩太自负了，太轻浮了。"

我收拾起钉耙，朝佐知子走过去。“你不用再说了。”我对她说。

“我已经沉默了这么久，都已经忘了为什么，”佐知子回答道，“也许现在正是让我想起过去的时候。你知道吗，麻风斑蔓延到友子脸上的那天早晨，她发疯了。是麻津来叫我的，希望我能想办法让她安静下来。但是友子拒绝见任何人。没有人知道到底发生了什么事。一直以来她就是垂水最美的女孩，又养成了喜怒无常、一意孤行的性格。甚至连她父亲大发雷霆也丝毫不起作用。直到几个月后，村里才有人染上了同样的病。一年过后，我也在自己的手臂上发现了征兆。”佐知子一边说，一边摸了摸皮肤上的疤痕。

“友子那时还活着吗？”

佐知子缓缓摇头。“那时她是第一个，也是最孤独的一个。不管她做什么：喝浓茶，往脸上涂草药，向神祈祷，都无济于事。怪病缠绵不愈，且日趋严重。友子不愿意见任何人。我是唯一一个能隔着拉门跟她说话的人。面对我的恳求，她大多数时候只是平静地回答一句：‘走开。’之后不到一个月，友子就结束了自己的生命。是麻津发现的，她脸朝下躺在血泊之中。友子是自杀的，她用父亲的鱼刀剖腹自杀。”

“我很难过。”我重重地倚在钉耙上。冷风呼啸着，我们站在一片灰白色的石海之中。

佐知子微微叹了口气，接过我手里的钉耙。“虽然麻津是友子的哥哥，还是贤三最好的一个朋友，可我几乎没有注意过他。他总是那么沉默。连友子也经常拿他的沉默打趣。‘麻津像一座山，’她总是说，‘永远不能将他搬走。’他和贤三为什么能成为好朋友我们谁也没弄明白过。但是，他们之间有一种神秘的联系。贤三开始花更多的时间跟他待在花园里，或者一起钓鱼，试图推倒麻津为自己筑起的藩篱。贤三总是很开朗活泼。他长相俊美，又满肚子笑话和奇思妙想。人人都喜欢他，想去他父亲的茶社跟他一起玩。当他选择跟我好时，我觉得自己万分荣幸。甚至连友子也为我感到欣慰。她一直在计划着搬到东京去，为某家大公司工作。对她而言，垂水只是一个弹丸之地。她一直在寻找更丰富的生活。”

“你从来不这么想吗？”

“我从来没有勇敢地追求过我的梦想。”

“那么友子去世以后，你对麻津多一些了解了吗？”我继续追问。

佐知子笑了。“麻津是唯一不怕跟我谈论友子的人。从一开始他就以一种尊敬和理解的态度来面对她的死。他懂得美丽对她意味着一切。失去了美丽，佐知子唯一的选择就是死。我身心交瘁，麻津也是唯一能带给我平静的人。贤三曾试图安慰我，但是不知何故我不能面对他。而且奇怪的是，他总是比麻津更能让我想起友子。”佐知子突然打住了话头，拍拍我的手臂。“这里太冷了，斯蒂芬，我们应该回屋里去。”

我回望着自己在石头中勾勒出来的线条。它们不如佐知子的均匀，但是波纹清晰，我依稀还能感觉得到推动它们时那股纯粹的力量。我跟着佐知子回到温暖的房间里。她进了厨房，出来的时候端着一壶茶和一些米糕。

“麻津年轻时是怎样一个人？”我在桌旁一只矮垫上坐下来，问道。

“跟现在差不多。他从来都与众不同。他独善其身。但是我现在知道了，友子说他从来没打算离开是不对的。他也曾经有过离开垂水的梦想。”

“那为什么……”我突然意识到答案就在面前，便停住不问了。

“我相信麻津即使还是个小孩子的时候，内心就一直充满了力量。也许，有些人天生就是如此。麻津显然就是。”佐知子答道。

“那么友子去世以后，你就成了麻津的朋友？”

佐知子点点头。“是的，友子入土后的那天早晨，他到我家里来，带给我她的幸运石。”佐知子指了指放在她桌子上的两块黑得发亮的石头。“当我们还是小姑娘的时候就找到它们了，我们一直把它们与好运和所有其他青春的梦想联系在一起。我记得麻津递给我时说：‘是友子的。’除此之外就没别的了。然后他鞠躬，转过身就要走。我叫他留步。忽略了他这么多年，我需要听听他的声音。”

“他说了些什么？”

“他告诉我，友子很平静，还有我应该让自己的生活继续下去。”佐知子停下来，对自己笑了笑。“不知道为什么，我信赖他。”

“麻津的话确实很有力量。”我说。

“斯蒂芬，麻津知道你来这里了吗？”佐知子突然问。我拿起茶杯，喝了一口，避开她的眼睛。“我给他留了张纸条，说我出去散步了。”

佐知子站起来。“我觉得你该回去了。麻津会担心的。”

我望着她。围巾再也遮不住她秀美的脸庞了。她声音里的急迫感告诉我，我们的交谈结束了。

“我能再见你吗？”我起身问道。

“有你的陪伴我很荣幸，斯蒂芬，”佐知子鞠了一躬，“只要麻津事先知道就行。”

“我再也不会欺骗你们任何一个人了。”我说。

她淡淡一笑。

我离开的时候，佐知子站在门口。她轻轻靠在门框上，黑围巾再次拉起来，遮住了她的脸。

1937年12月6日

离开山口村，我满脑子都是佐知子洞若观火的见解和谨慎言辞，这让我开始对她和麻津的故事有了点滴的认识。我忘不了她满是麻风斑的脸上那种奇异的光滑感，以及最终她如何信任我，任我观看和触摸。虽然我不得不在去山口村的事情上对麻津撒谎，但是我知道，我需要搞清楚佐知子是不是已经从伤心自责中走出来，不再受到贤三冷言冷语的伤害。

我跨进竹篱门时，麻津正在花园里，跪在池塘边上向混沌的池水中撒鱼食。从他飞快转过头来的动作我意识到，他很着急。

“我去山口村了。”我马上就招了，眼睛不敢看他。

“佐知子还好吧？”他问。

“她还好。我只是需要亲自去看看。”

“那么你去了？”

“是的。”

麻津点点头，满意地咕哝了几声。然后他慢慢起身，指向屋里。“你父亲在等你。”他说。

“我父亲来了？”

“他大概一小时前到的。”麻津说。

我感觉胃里一沉。在我有时间想清楚该对父亲说些什么之前，我压根就不想见到他。我慢吞吞地向屋里走去，脑子里思绪万千。我在玄关脱了鞋，走进客厅，决定最好由他主导谈话。

父亲在祖父的书房里等我。他舒适地坐在一个矮垫子上，喝着茶。他穿一身无可挑剔的深灰色西装，坐在一片狼藉的绘画工具中间，旁边的地板上，搁着一顶跟他匹配的软毡帽。颜料和画布散得到处都是，地板上，铺了台布的黑漆桌上——我把它推到一边放置调色盘了。

麻津再也不管我怎么折腾这个房间了。

事情明摆着，我画画必须要占用这个房间，我们之间便达成了一种无言的默契。正如厨房和花园是他的地盘，我的领地则包括我的房间和祖父的书房。我们在涉足各自的领域时，总是带着一定程度的小心和敬意。

我进到书房，一股强烈刺鼻的颜料味和松节油味扑面而来。

我本能地鞠了一躬。“爸爸，我不知道您要来。抱歉让您久等了。我拜访朋友去了。”

他迎上来抓住我的手臂，眼睛里写满了焦虑，而且不同寻常地疲惫。“你看起来气色不错，斯蒂芬。我很高兴你可以起来四处走动了。妈妈和我都很担心你。我知道你写信告诉她你正在康复中，但我最后还是决定亲自来看看比较好。”

我挺直身子站在他面前。“我挺好的。”

父亲看着立在画架上的花园风景，笑了。“你已经画得很不错了。”

我知道自己脸红了，脸上一阵发烫。这么多年过去，每当我要向父亲解释自己的绘画时，依然会觉得尴尬，甚至充满歉疚。“我不过才开始而已。不好意思这里乱成一团，”我一边羞愧地说，一边把一张白画布挪开，“你真的不需要大老远地赶到这里来。”

父亲示意我在他对面的垫子上坐下来。“我不仅想看看你，”他吞吞吐吐地说，“也需要跟你谈谈另外一件事。”

我很想转过身，离开这间屋子，我完全可以这么做。但是，我一屁股重重地坐在硬垫上——赶了远路，又紧张不安，我已经双腿发软。不过，我很快就克服了焦虑，不动声色地说：“我收到了妈妈的信。”

父亲清了清嗓子，眼神疲惫，却始终没看我。然后他以一种局促的口吻说：“妈妈告诉我她写信给你了。一开始，我很生气，觉得她不该把我们的私事告诉你，尤其是你还在康复中。一个日本女人是永远做不出这种事情的。”

我掉过头去不看他，想竭力掩饰自己的愤怒。“也许是日本女人不太清楚她们的丈夫都干了些什么。”我脱口而出。我伏下身子，给自己灌了一杯茶，希望控制住情绪，不要再口不择言，说出一些今后可能会后悔不已的话。

我感觉父亲正紧盯着我。一开始我以为，他一定会因为我的大不敬而勃然大怒，没想到他只是取下金边眼镜，用手绢擦拭起来，好像深深地陷入了沉思。他最后重新戴上眼镜，看着我说：“你母亲从来不知道。”

“你怎么可以用那种方式欺骗妈妈？”我颤声问道。

“我从来都不愿意伤害她。你得相信我，斯蒂芬。那笔钱是从我的生意往来中划出来的。我知道把它存在另外一个账户上是一件很愚蠢的事情，但总是有足够的钱来支付所有家庭开支的，包括你妈妈的消费，”父亲停下来，慢慢地摇了摇头，然后又继续说道，“随着战争升级，生意已经越来越不景气了，但你妈妈的开支却一直在增加。”

我在想母亲有时会有多么孤独，在慈善事业中不能自拔，毫无节制地从欧洲订购时髦新款，以及那些没完没了的午餐和常常输得一塌糊涂的麻将席。

“你跟这个女人认识有多久了？”我想知道。

父亲踌躇了一下。“十二年多了。”他终于回答道。

我目瞪口呆。从小派出生以后父亲就跟这个女人在一起了。如果这只是一段偶然的、短暂的外遇，也许更容易原谅他——他是出于男性的需要和满足，而不是以长时间的，甚至最有可能是出于爱的勇气。

父亲抿了一口茶，平静地说：“事情不是你想的那样。良子是一个很好的女人，她在我办公室附近的百货公司上班。她把她的一生都给了我，我要确保她能安然度过这场疯狂的战争。”

“那你自己的家庭怎么办？”我问道。我的视线从手上握着的空茶杯上移开，冷冷地迎上他担忧和关切的目光。

父亲没有丝毫退缩。“我对你们几个孩子和对你母亲的付出从来就没有打过折扣。因为我爱你们所有人，我永远不可能顾此失彼。

一直以来良子都默认了一个事实，那就是我的家庭优先。”

“然后你就觉得一切都名正言顺了？”

外面突然传来的一阵嘈杂声让我们停了下来。我们看见麻津拖着园艺工具从窗前走过，父亲等他走过去了才回答。

“我到这里来不是要向你道歉的，斯蒂芬。对我而言这从来都不是一件简单的事。我的一生都在做自己认为正确的事情。我一直都在努力不要伤害任何人，在处理生意时如此，在处理家庭事务中当然也如此。所有的一切我都遵循自己的判断，在这个决定和那个决定之间仔细权衡。但是在这件事情上，我除了遵从内心以外别无选择。我们到这个世界上就是要主宰自己的命运的。我只是希望你能试着理解所发生的事情。最重要的一点是，你知道，我很爱你们大家。”

我目不转睛地看着父亲，他沉着冷静地继续为自己辩解。他语速缓慢，用词准确，像精心排练过一般。不知道为什么，我觉得一些东西突然之间改变了他的外貌。我仔细地在他疲惫不堪的黑眼睛里，在他用充满玫瑰花香的头油向后梳理得整整齐齐的花白头发中仔细寻找。我已经长大了，足以明白他所说的一切，但是现在，我知道他身上我曾长期敬重的正直已经消失了，而我已经在为失去它感到悲伤。

“那么现在怎么办？”经过一阵令人不安的沉默之后，我问。

“我们要继续生活下去。”他回答道。

“你和妈妈会离婚吗？”

父亲靠过来，抓住我的手臂。“什么都不会改变，斯蒂芬。不会。”

1937 年 12 月 7 日

接下来整个晚上，父亲和我都在谈论眼下的战争。我礼节性地听着，心里却希望能回到自己的房间里独处。我好像坐在一个陌生人面前，搜词刮句来填满厚重的沉默。即使是父亲那些熟悉的小动作——他总是喜欢用手指梳理头发，或者不时地调整领结——都不能让我放松下来。他悲伤地点头，我的担心被证实了，日本军队正以猛烈的攻势继续向广州挺进。以他们的速度，广州几个月内就会被占领。大屠杀造成的死亡和毁灭让父亲沉默不语。我甚至不能想象要开始把佐知子和麻津当成敌人，想到这一点就感觉怪怪的——日本正在蹂躏我的祖国，而我却泰然自若地跟他们和平共处。我一直都知道，父亲热爱日本仅次于中国，但是现在看起来他也不得不表达自己的忠诚——要么选这个，要么选另外一个。我毫不怀疑他对中国的忠诚，那是他的祖国，但这并非不痛苦。我感觉到他的忧心忡忡，不禁想这是不是意味着我将会很快返回香港，与母亲和小派守在一起。话慢慢地涌到嘴边，而我却问不出口。

麻津晚餐为我们做了味噌汤、油炸豆腐、卤汁薄牛肉片和米饭，接下来就不见了人影。有一阵，我听到厨房里麻津的收音机低低传来巴赫的音乐，然后就归于寂静。当我们疲惫不堪地完成一场勉强的谈话时，父亲问我是否愿意跟他去神户度假。他看我反应模棱两可，便站起来告辞，独自出去散步。听到他回来的时候，我已经躺在黑暗的屋子里，假装睡着了。

我醒来时，发现父亲已经搭早班车回神户了。空气中有一股潮湿的气息，想到不用再见他，我松了一口气。我猜他一定与我感同身受。我只感到浑身麻木，几乎失去了知觉。

整个上午我嘴里都有一股馊味。父亲已经回到他在神户的生活，我知道自己让父母都觉得失望。我不能够接受父亲的情人，也不能如母亲所愿让她从我们的生活中消失。

“你父亲今天早晨走得很早。”麻津说道，我从沉思中惊醒。

我们坐在餐桌前，吃着家常的早餐——米饭就腌菜。整个早晨，我几乎一句话都没有说。要在平常，我准是那个跟麻津说个不停问个不休的人，他的打断只会让我不快。麻津整整一晚都没敢来打扰我和我的父亲，因此他想知道发生了什么事。而我只是点点头，一言不发。

麻津再也没说什么。他吃完饭，就起身在厨房里忙活起来。我不禁有点生闷气。我严肃地吃着，强迫自己把米饭塞进嘴里，直到差不多吃完。

“很好吃。”我一边说着，一边把碗递给他，又鞠了个躬，希望弥补一下我的无礼。

麻津点点头，开始洗碗。等我差不多快走回到自己房间的时候，才听他高声问道：“你今天打算干什么？”

我不想把自己关在房间里，虽然还得给母亲写一封信。“不知道呢，”我回答道，“也许一会儿去散散步。”

麻津走到厨房门口，用毛巾擦着手。“我过会儿去多摩。你也许想去看看。”

“那是什么地方？”我问。

麻津笑了。“那是一座神社。你家人没有告诉过你这儿有一座多摩神社吗？”

“没有。”我摇摇头说。

我父母从来不重视宗教信仰。小时候我在香港天主教学校圣马太小学读书，学到过一点宗教知识。那时我们由修女授课，她们身穿神秘的黑裙，戴着神秘的面纱，在礼堂上拂袖而过。每天早晨上课前，我们都要背诵“主祷文”，它们接下来整整一天都会在我脑子里嗡嗡回响。作为一个小男孩，我将眼前的一切全盘吸收：壮观的弥撒，牧师的彩色长袍和明亮的彩绘玻璃，以及我将被拯救的秘密。等我转学到一家私立的英国中学时，我仿佛失去了一位知根知底的童年好友。不过，随着生活继续，这也已经淡出我的脑海。

“那里离垂水不远，”麻津继续说，“我们可以过几个小时再走。”

“我从来不觉得你像个教徒。”我说道，开始感觉好一些了。

麻津将毛巾往肩头上一搭，转身进了厨房。“你不了解我的地方还多着呢。”他说。

我开始起草给母亲的信，确保主题集中在父亲的来访和即将到来的假期。我曾希望能跟家人一起过圣诞节，但是随着日期的临近，香港那边却音信杳无，我也就心安理得地想，就在垂水过也罢。这封信很难下笔，我感觉像花了几个小时。我不知道母亲对这个叫良子的女人与父亲的关系了解多少。所以，我写到了父亲的不期而至，我们粗略地谈到了他提款帮助朋友做生意的事，以及他是如何为我的身体操心。我感觉自己用词笨拙、主题涣散，但是总得要告诉她点什么吧。我把话题转向正在进行中的战争。我不想让母亲担忧，但是我想知道她是否需要我回香港。接着我问起小派的情况，我已经很久没有她的消息了。她还好吗？学习如何？一想到她我就笑了，意识到自己是多么想在这里听到她稀奇古怪的问题和各种奇思妙想，聊以排遣我所有的悲伤。

在信末，我试着再次向母亲保证，父亲只是做了一个帮助朋友的决定。“这只是一桩生意，而不是其他什么。”我写道，虽然我知道她永远也不会相信。我只希望能给她一个假装一切都完好如初的理由。我讨厌向母亲撒谎，也讨厌父亲——他让我不得不这么做。

离开屋子，呼吸着清新的空气，我一路兴致勃勃。我们沿着海滩小道往前走，穿过村子里的主干道向多摩神社走去。整个村子好像睡着了似的。我们一路悠然自得，没有一只狗跑出来对着我们的脚后跟呼哧呼哧，或者乱咬一气。

麻津背着一个用藏青色与白色相间的棉质风吕敷[①]扎起来的包裹。“这是我们的午餐。”他笑着说。

然而当我们走近贤三的茶社的时候，麻津突然变得沉默了。我看见，他脖子上的肌肉都紧张了起来。我在想，如果麻津和贤三在街头不期而遇，将会发生什么。他们会一言不发地擦肩而过，还是会继续恶言相向？我睁大眼睛努力朝黑黢黢的茶社里看去，但是里面没有任何动静。

从村子里出来后，我们走上了一条通往山区的土路。不一会儿

① “风吕敷”是一种包裹物品的正方形布，布料是丝绸或棉织品。往昔用来包衣服，日本江户时代由于大众澡堂普及，平民洗澡时都用“风吕敷”包裹换洗衣服往返，因此又被冠上“风吕”（浴室、浴缸、洗澡）这个词。

我们便来到了一块空旷地，在它的中央，多摩神社安详地矗立在高地上，俯瞰着整个垂水村。首先映入我眼帘的是三座完全相同的已经褪了色的红色牌坊，到神社的入口得依次穿过它们。每一座牌坊只由两根直立的木柱建成，顶端处一道门楣在立柱上伸展开来，雕刻成一道如微笑般的浅浅弧线。在门楣下面，是另一根水平梁，也与立柱相连，但是并没有超越它们。每一座牌坊都像一处巨大的鸟栖之地。我曾经在神户见到过类似的牌坊，不过都是用铁或者石头建造，有着精美的雕工和设计。

“鸟居[①]，”麻津说，“就是说当参拜者从它们下面经过时，须得净化自己的心灵才能进到神社里去。”

我们走上一条排列着奇形怪状的扁石头的小路，又穿过另外两座鸟居。神龛安置在一幢简单的方形木屋里，看起来跟村子里的房子并无二致。麻津在入口处一座石头水槽前停住了。他拿起挂在一旁的长柄木勺，伸进水里。我看着他从勺子里喝了口水，但并没有吞下去，而是漱了漱口，吐到地上。他又把木勺伸进去舀水出来洗手。他把自己彻底清洗干净之后，便把勺子递给我，示意我照着做。

“进到神龛之前要先清洁自己。”他低声说道，好像生怕惊扰了神祇。

我努力模仿他的动作，使我惊讶的是，这水尝起来竟如此冰凉。我很想喝一口，走了这么远的路需要解解渴，但是我感觉麻津一直

---

① 日本神社的鸟居是寺院圣地常见的牌坊。在日本的神社，经常有一座或者几座鸟居矗立在神社的入口以及通向神社主殿的沿途中。鸟居颜色绚丽，材料质地也多种多样。多由木材建成，最常见的是被漆染成橙色与黑色的鸟居。鸟居是神界和人界的划分之门，走过鸟居，就是进入了神界。

在盯着我，于是只好依葫芦画瓢。如此这般，他才转身脱去木屐，带我走进供着神社的木屋。

屋里充斥着一股浓烈的香火味和甜米酒味。我们登上一座木平台，所谓的神龛不过就是一张石桌上面放了一只精雕细刻的木盒子。麻津告诉我，这里供奉着狐狸神，也就是稻荷神。神龛前是正在燃烧的细香，以及一只空的青釉碗。右边一面墙上贴满了成百上千的白纸片状的东西。麻津悄声说，这里面是村民们的祈愿和供奉。我仔细地看着他走到祭坛前，击掌三次，然后伸手轻轻拉住一头系在天花板木钟锤上的一条粗编绳。响亮的钟声迅速在这间小小的屋子里回荡开来。麻津闭上眼睛行鞠躬礼的时候，我静静地站在一边，耐心等着。

麻津直起身子，又弯腰从随身带的风吕敷里取出一些江米团来，放进神龛前的釉碗里。

"你也来吧？"他问道，随即走出来催我向前。

我耸耸肩，有点犹豫。我感觉如此行异邦之礼，有点难堪，但是麻津推着我来到神龛前，又顺势把我的手摆在面前，这样我就能照着他的样子击掌了。"你必须让神知道你在这里。"他低声道。

我飞快地击掌三次，然后拉住绳索。我紧紧盯住封闭的神龛以及饭碗。香火刺痛了我的眼睛。我深深地鞠躬，努力把注意力集中在祷告上。我心里有点困惑。我该为谁祈祷？或者应该祈祷些什么？我脑子里乱糟糟的，千头万绪，但是只能从中选出一种。我想为父母的婚姻祷告，或者为佐知子和麻津的幸福，或者祈祷国内的战争早点结束。我知道麻津站在我身后等着。于是我索性紧闭双眼，为我们所有人祈祷了一番。

山坡上松针遍地，可以远眺垂水，我们坐下来吃麻津带来的午餐。他解开风吕敷，打开一个三层的黑漆饭盒，还有一只装了绿茶的热水瓶。饭盒每一层都装满了各式各样的寿司和鱼丸。麻津在短时间内准备了这么多东西，真令我刮目相看。他揭开饭盒顶层，递给我。我用手抓起一个用卤豆腐包起来的拳头状寿司，迫不及待地咬了一口。

"你常来神社拜祭吗？"我问。

麻津把一整个寿司塞进嘴里。他咀嚼着，好像在沉思，咽下去之后才回答："只有当我觉得有必要的时候。"

"为什么你觉得今天上午有必要来？"我问。

"我想是你也许有必要到这里来。"他答道。

"为了我？"我奇怪地问。

"为了你父亲的来访。"他一边说着，一边又拿了一个寿司。

我突然发现麻津其实无所不知。一想到他甚至可能是我父亲所作所为的同谋，我就怒不可遏。我手上剩下的半个寿司滚到了地上。

"你知道我父亲有一个情妇？"我逼问道。

听到我的问话，麻津停止了咀嚼，瞪大了眼睛，脸上的笑容慢慢消失了。"我并不关心你父亲的私事。"他答道。

"这就是你为什么做我们家用人这么久的原因吗，这样你就能守住我父亲的秘密？"我劈头盖脸地问。话一出口我就后悔万分。我知道不该迁怒于麻津，但是已经太迟了。我羞愧难当，四周的冷空气似乎也发出了回声。

“能够为你祖父和你父亲工作我感到万分荣幸。”麻津说。

我赶紧站起来，拍拍裤子上沾满的松针，朝麻津深深地鞠了一躬。“很抱歉，麻津叔叔，我没有权利对你说这些话。”

麻津不慌不忙地抬头看了我一眼，眼神很温柔。“那是愤怒在说话，不是你，”他说着，拍拍身边，示意我再坐下来，“你得知道，斯蒂芬，现在仅仅是你对父亲的感受发生了变化，而你父亲对你的爱却丝毫未减。这样想想有点悲哀，一个人的幸福往往建立在他人的观点上。”

我点点头，不作声。我想到了父亲，想到他为了自己的家如何兢兢业业。我的病让他殚精竭虑，又义无反顾地让我来垂水养病。我匆匆瞥了麻津一眼，为自己的言行感到很不安。他坐在那里，陷入深深的思绪中。这时我才意识到他一定也想到了佐知子，还有失去贤三的友情所带来的痛苦。

“一开始，”我顿了顿，“我以为你来这里是为了给贤三叔叔祷告。”

麻津转向我。“为他人祷告根本无济于事。我来这里是为自己祈祷。”

“但是你们从小一起长大，他可是你最好的朋友！”

“那就让我们过去的力量来决定吧。”他说。

我躺倒在地，以手枕头，琢磨着麻津所有的话。我在思量这是不是也适用于我的父母。他们的过去足以挽救婚姻吗？我能在一定程度上改变父母之间的恩怨吗？想到还有这么多可能性，我感觉好多了。我闭上眼，听风在林间低吟浅唱。

1937年12月21日

今天母亲来信了。虽然我一直翘首以待,一开始却有点不敢打开,生怕她在言辞中会提及的那些事情。自从去过多摩神社,我就尽量不在父母的婚姻问题上胡思乱想了。感觉它像是正在从我生活中悄悄溜走的另外一起灾难。

亲爱的斯蒂芬:

我近来一直不太好受。我收到了你的信,你能跟爸爸谈话,我很高兴。他也告诉我了,那笔钱是用在生意投资上了。至于我,你就不用担心了。事到如今,看来我除了相信他,已经别无他法。毕竟,我只是一个要养育四个孩子的女人,没有任何谋生的技能。你爸爸和我结婚的时候我才十五岁。门当户对。他的琴姑妈看到我和姐妹们走在市中心,便火速赶去告诉了她的侄子,即你的爸爸。原谅我,这个故事你已经听过无数次了。我现在已经老了。差不多四十岁了。此时若是让我走出家门,我真的不知如何应对。

我知道自己不该告诉你这些想法,斯蒂芬。我想让你知道的是,我并不是在抱怨。比起大多数人来说,我算过得很好了。如果为了适应你爸爸的需求,一些东西必须改变,那么就顺其自然吧。也许我们的婚姻到了必须分道扬镳的时刻。我能接受这个现实——我必须接受——只要我们的家庭以别人尊重的方式聚在一起。你爸爸也同意这一点。

我们主要关心的是你的身体。我真希望跟你一起度假。我知道你会理解的,我的健康只容许我待在这里。我已经给你寄了圣诞礼物。你爸爸想让你去神户跟他待在一起。我想,旅行对你会有好处。

我们很快会再见的,斯蒂芬,你知道我爱你。祝你在新的一年里健康和幸福。

清提醒我告诉你,一定要保暖,避免潮湿。

深爱你的,
妈妈

我放下信,想到曾经在香港的熟悉生活,一阵伤感突如其来。母亲信中的口吻让我心里隐隐作痛。过去的几年里,我的父母与我成长过程中熟悉的那两个人已经相去甚远。记得小时候,我夹在他们中间,牵着他们的手走过利源东街,总感到一种前所未有的安全感。在我的脑海里,仿佛又出现了街头小贩与顾客之间乱哄哄的讨价还价声,以及中环大街上有轨电车刺耳的刹车声。晚上回到家,在父亲出去应酬前,我们会围着黑漆大餐桌,享用清为我们准备的鸭胸片和盐水鸡,当我们几个孩子自顾自地嬉戏和打闹的时候,父母总是会设法交谈几句。现在一想到他们却要把维持婚姻当作生意,我就感到心情沉重。我得承认,小派出生后不久,家里的情形就变了。父亲频繁地去日本,待的时间也越来越长,到后来他住在那里的时间远远超过香港。他与我小时候所认识的爸爸已经判若两人。不管他何时带着礼物和匆促的拥抱短暂归家,我会莫名其妙地觉得连呼吸的空气都变得异样起来。

下午我步行到村里去，给父亲拍了份电报，告诉他我就待在垂水度假。

1937 年 12 月 25 日

今天早晨醒来时，我意识到这是我在垂水过的第一个圣诞节。麻津拉开我的门，喜笑颜开地说："快起来，我想给你看样东西。"

我赶紧爬起来，披上衣服。麻津站在玄关处，不耐烦地等着我。

"什么东西？"我一边问，一边睡眼惺忪地揉着眼睛。

我走近的时候，麻津让开道，指着花园。"我想你也许会喜欢一棵圣诞树。"他说。远处的角落里，麻津已经用五彩缤纷的千纸鹤和折纸将一棵松树装饰一新。

我闷声不响地呆站着，不知道说什么才好。刚刚在床上的时候，我还一直在想念远在香港的家。小时候，每一年母亲都会坚持在家里摆一棵新鲜的挂满了装饰物的圣诞树，我们会在温暖的松香中醒过来，被清悄悄地赶进餐厅吃早餐，一边等着父母起床，然后才能打开礼物。等待的两三个小时对小派和亨利来说简直是一种折磨。小派几乎什么都不吃，亨利呢，凡是入眼的什么东西都吃，两个人都盯着时钟和圣诞树来来回回地看。我已经长大了，知道父母正在补头天晚上为了参加圣诞晚会而耽搁的睡眠，没有几个小时，他们是不会起来的。

我们的圣诞大餐在香港饭店举行的传统已经好多年了。在那里，我们会坐下来享用总共五道菜的欧式大餐，包括鹅，土豆和面包布丁。伴随晚餐的，还有母亲关于如何使用摆放在盘子边一溜银器的年度发言。“由外而内依次动用。”她的声音越过餐桌传过来。这个传统开始的第一年，清也被请来了，可当她看到这套复杂的餐具时，拒绝吃任何东西。如果不能用筷子，她宁愿不吃。从那以后，清就待在厨房闭门不出，而母亲则担当起了在圣诞晚餐上照顾我们的责任。

✣ ✣ ✣

“这是我拥有的最好的一棵圣诞树了。”我终于说了一句。

麻津高兴地点了点头，什么话也没说。他停留了一会儿，凝视着那棵树。我见他暗自微笑着，好像对自己所做的一切感到心满意足。他转过身，开始朝厨房走去。“你想鸡蛋怎么吃？”他问。

1938 年 1 月 1 日

我一直听说元日——也就是元旦这一天——是日本的传统节日。在香港长这么大，我一直是在爆竹声和五花八门的庆祝活动中度过新年，我发现在日本，这一天的辞旧迎新有一种更精神化的东西。人们交换简单的礼物，拜祭寺庙和神社，偿还过去一年的债务。所有的不幸和伤害都被抹得干干净净，每个人在来年都允许有一个崭新的开始。所以当我们决定去山口村跟佐知子一起庆祝新年时，我简直喜出望外。

一大早吃过早餐，麻津和我便将食物打包装进风吕敷，准备带到山口村去。新年到来的前几天，麻津一直在忙着准备寿司、鲱鱼籽和红豆糕。煮豆子的香甜味道溢满整幢屋子。麻津已经在门上挂了“门松”——用松枝、梅子枝和竹枝编成的花环。我注意到，另外还有两个同样的花环在玄关靠墙立着。

这个礼拜的早些时候我去村子里给佐知子买了一棵迷你小松树，不到一英尺高，优雅地站在一只陶盆里。早晨我送给麻津一只表示幸运的达摩不倒翁，它没有眼睛，盲目地看着。这里的风俗是给它画上一只眼睛，然后许一个愿。如果这个愿望实现了，才能补上另一只眼睛。麻津盯着它那张没有眼睛的脸看了一会儿，朝我鞠了一躬，再把它轻轻地放在了橱架上。他很快消失进自己的屋子，过了一会儿，他出来了，拿了一本日本诗集给我。

出门的时候，麻津停下来，拿上了他给佐知子做的花环，我等着他，手里抱着那棵迷你小松树。

“这花环代表着什么？”当麻津又回去拿上第二只，开始上路时我问道。

麻津晃了晃背上的风吕敷，又低头看了看他拿在手上的花环。“每一种树分别代表幸福，纯洁，长寿和忠诚。”

“那另一只花环是给谁的？”

麻津转过身去,就好像那边有人似的。“是给贤三的。”他终于回答我说。

我们到达山口村时,整个村庄已经充满了节日气氛。男男女女都穿上了鲜亮的五颜六色的和服。每家每户都用羊齿草、花环和橘子装饰一新,那些小小的房子一下子焕发了生机。我们每走几步,就得停下来接受板栗,或者喝一种叫“屠苏”的甜酒。麻津高兴地推辞了所有的盛情,坚持我们要先见佐知子。

我们还没到,佐知子就把门打开了。她频频深鞠躬,兴奋地将我们引进屋。佐知子穿了一件红黄相间的和服,而不是她平常穿的那种暗色调。这是我第一次看她穿鲜亮的颜色。首先,她坚持要我们每个人先吃一碗“杂煮”——一种用糯米团煮的羹汤。当她忙得团团转,急着把她为过节准备的糯米团和黑豆捏紧的时候,她看起来格外美丽动人。接下来,我们要跟村子里其他人一起庆祝新年。

后来,当我和麻津、佐知子以及其他山口村村民喝着屠苏酒的时候,我才意识到“初次见面”是怎么回事——对我而言,这是第一个仪式。如果新年代表着万象更新,那么从洗第一回澡到种第一株花,这一天对我们每个人而言都是全新的开始。看到麻津和佐知子重修旧好,我希望这对他们二人都意味着新生。我很想知道惠子这会儿在干什么。我试图想象贤三在垂水也会如是想,当他看到村子里家家户户门前挂着用松枝和竹枝扎成的花环时,不由自主地想起两个老朋友。

1938 年 1 月 15 日

过去的一周里我收到了父母和小派寄来的一只新手表，一件羊毛开衫，两件 T 恤和一些书。假日好像还没有结束。昨天，我又接到了一封金的来信。邮戳上写的是香港，这意味着他已经从广州回家过寒假了，希望他已经收到了我的贺卡。

我对他的思念突如其来。他寥寥数语，便把我带回到过去在岭南大学的生活：整洁的地板，庄严的砖楼，没完没了的学习，常常在后半夜冲出去喝粥饱肚。直到他的信结束，这股魔力才消失，接着我被他的话惊得目瞪口呆。

> 我想你一定也听说南京大屠杀了吧？有报道说，成千上万的男女老少，被日本鬼子残忍地屠杀与强奸。我真想现在就奋起反抗——假如这管用，假如我们有机会反抗。但是，他们离广州已经越来越近，我知道许多岭南大学的学生感到害怕，假期结束之后就不敢再返校了。我已经说服家人让我回去。但是我答应他们，等日本鬼子逼近的时候，我就回香港去。我多么希望你正乘船回广州，来跟我在一起。

我把金的信折好，塞回薄薄的信封，突然间我感觉墙壁似乎正在朝我围拢过来。麻津的收音机里没有播任何南京大屠杀的消息，只有另外一则关于帝国军队如何在几乎没有抵抗的情况下占领南京和青岛的宣言。我一面想马上回去跟金在一起，面对这残酷的现实，也为南京遭到屠杀的绝望的人们感到悲伤，但是另一面却无法想象不得不离开麻津、佐知子和惠子。我试着坐下来给金写封信，但是只写了一行就写不下去了：“我收到你的信了，真希望我现在能跟你在一起……”

1938年2月4日

虽然依然春寒料峭，但第一个春之祭却已悄然来临。昨晚麻津叮嘱我睡个好觉，这样第二天我就能做好准备跟他去神社了。

“去干什么？”我问。

“明天你会眼花缭乱的。”他答道。

我以为我们会早早出门，便起了个大早，穿得厚厚的，但是直到很晚我们都没有动身，等到达垂水的时候已经是午后了。许多村民也正沿着山路往神社走去。我看见穿过鸟居靠近神社的地方，已经聚集了一群人。我环顾四周，在熟悉的面庞中寻找惠子和她的家人。麻津看起来也在张望着找人，我猜应该是贤三。我曾希望随着新年的到来他们会尽释前嫌，但是没有。自从在家里发生那次事件以后，他们还没有说过话，尽管麻津对自己的感受三缄其口，但我依然能感受到他的悲伤。

但是惠子和贤三都不在人群里。随着一阵叮当声，两个神教祭司走上了平台，我们的注意力很快就转移到了他们身上。他们穿着武士式样的金红色长袍，每人手里都捧着一只大碗，碗里装着的看起来像是豆子。

“他们在干什么？”我悄声问麻津。

“这叫豆撒节，就是撒豆子。每年这个时候，冬天和它所带来的寒冷与瘟疫就会随着豆子一起被抛掉。它们也象征着泥土与种子的生命开始孕育。”

麻津的声音迅速被人群高涨起来的兴奋淹没了。当祭司把手伸进碗里，把豆子大把大把地向我们扔过来的时候，人们挥舞着手臂，推搡着向前挤去。豆子如雨点般洒落，人群齐声吟唱：“鬼は外！福は内！”我懂得其中的意思：“好运快来吧，厄运都去吧。”

✣ ✣ ✣

当我们动身回垂水的时候，已经是傍晚了，我感觉有些累了。我犹豫着要不要告诉麻津，因为我知道附近唯一可以歇脚的地方只有贤三的茶社。这几个月来的庆祝活动和到神社的步行已经超出了我的承受范围。尽管我已经从锻炼中恢复了体力，但终于走回垂水的时候，还是感到筋疲力尽。

村民们渐渐填满街道，村子才似乎活过来了。四处都有人在跑动，我的心又怦怦直跳，四下里搜寻着惠子的身影。快走到贤三的茶社时，我看见一大群人聚集在门前。麻津咕哝了几声，但什么也没说。他站了一会儿，犹豫了一下，然后朝茶社走去。

“出什么事了？”离人群再近一些的时候，他问道。

几张兴奋的脸朝我们转过来，急切地想将消息如实相告。但当他们看清是麻津时，便戛然而止。人们在窃窃私语，显然有许多人听说过这两个朋友反目的事情。他们飞短流长，是否知道确切原因似乎并不重要。一个穿着厚重黑色和服的年长女人走到麻津面前，轻声说："是贤三。"那一刻时间仿佛停止了。

麻津粗暴地拨开人群，一头冲进阴暗的茶社。我毫不犹豫地跟了进去，过了好一会儿眼睛才适应黑暗。等我开始分辨出人影时，首先听到的是从麻津喉咙深处爆发出来的一声悲叹。我揉揉眼睛，顺着他冷峻的目光望向屋顶的木椽。在柜台上方，离我们不到三英尺的地方，垂挂着贤三绵软的身体。

麻津把贤三的身体从屋梁上放下来。他不让任何人碰他的朋友。当贤三的身体掉落到柜台上时，我听到"轰"的一声闷响。我不知所措地走过去，看着他空洞洞的、暴突的眼睛，他脸上的皮肤呈青紫色，这些看起来如蜡像般不真实。我转向麻津，他死死地盯着朋友，好长时间一动也不动。过了一会儿，他弯腰朝向贤三，在他耳边喃喃地低语了几句，然后小心翼翼地阖上了他的眼睛。麻津再也没说一句话，他转过身，慢慢地走出茶社，穿过人群，走上了回家的路。

1938 年 2 月 5 日

昨天贤三死后我是怎么摸索着回到家的，已经记不清楚了，我双膝发软，步履沉重，穿过竹篱进入花园的时候，已经咳嗽不止，上气不接下气。我能记得的是，花园甜腻腻的花香将我淹没，令我作呕，而且无法呼吸。我胃里一阵翻江倒海，还没进屋，就在玄关的石阶前吐得一塌糊涂。从那以后，就像做了一场梦。我不知道麻津突然从哪里冒出来，他扶我进屋，把我清洗干净，然后放到了床上。我还记得他的脸，苍白而疲惫。我本来想跟他说抱歉，告诉他我很难过，但是我闭上眼就酣然入睡了。

我一整天都待在床上休息。除了两腿感觉还有点孱弱，我的肺部已经好多了，但是麻津坚持让我休息。我没有力气反抗。他不时来看望我，带米饼给我吃，还炖了一种海草清汤给我喝。他看起来疲惫不堪，眼睛因为缺乏睡眠而布满血丝，呼吸中还残留着威士忌的味道，看来是喝了不少酒。我们一句话都没有提到贤三，虽然我一闭上眼睛，那场景就挥之不去：他的青紫色的皮肤，还有他的怒目圆睁。

整个早晨我都听到麻津的收音机在厨房里播放着。我在古典音乐的安抚中忽梦忽醒，突然，莫扎特的协奏曲被一个女人高亢激昂的声音生生打断了。我赶紧把自己摇醒，洗耳恭听："日本帝国军队在中国继续英勇地、战无不胜地向南挺进。对中国人来说，再怎么抵抗都是无用的。他们应该向日本皇军的慷慨仁慈投降，这样一切都会平安无事。"

不知为什么，麻津没有把收音机音量调低或者转台——就像在新闻时间他常常做的那样。相反，他好像故意把那刺耳的自以为是的声音调得更大声了。

"这是天皇的意愿，日本将在世界上找到立足之地。日本军队将广州置于控制之下将指日可待。”

我如饥似渴地听着，急于想知道中国的局势到底如何，我很快会受到怎样的影响。日本军队到达广州之后，将会畅通无阻地进军香港。香港一直以来都是商业中心，而非军事要塞。我躺在床上，开始考虑自己要不要回香港去，跟母亲和小派相守。我还想知道父亲有什么计划，我是不是该去神户跟他在一起。每想一下，我的心跳就加快一下。

午饭后，麻津过来看看我有什么需要。看到我吃过了，感觉也好多了，他便放下心来，收拾空碗往厨房去了。我一定是睡着了，几个小时后醒来只发现屋子里万籁俱寂。我躺在床上，想听听麻津在厨房的动静：凳子刮擦木地板的声音，磨刀时金属碰撞发出的迟钝的叮当声。可我什么都没听到，只感到一阵莫名的孤独和恐惧。过了一会儿，突然起风了，障子窗摇摇晃晃，好像整幢屋子都在移动。

我从蒲团上起身，长时间卧于床榻，使我的背酸疼不止。我去厨房拿了一杯水，进了花园。哪里都看不到麻津的影子。我孤零零地站在黑松和开花的日本柑橘丛中，奇怪他到哪里去了。我慢慢深呼吸，放松自己的神经。跟昨天不同，花园里香气馥郁，甜蜜的花香拥抱着我，环绕着我，我感到深深的安慰。

天擦黑麻津才回来。听到他沉重的脚步声在玄关响起来时，我正试着在房间里阅读一本书。过了一会儿，他拉开我房间的拉门，急急地朝我欠了欠身，让我知道他已经回来了。

“你怎么样？”他突然问。

“好多了。”我答道。我觉得自己有点傻，因为他不在的时候，我一直在害怕。

麻津盯着我看了一阵，接着摸了摸自己的脸，轻轻地发出一阵表示放心的咕哝声。他看起来自在多了，在夜晚的灯光下他的脸也显得柔和一些。我想问他去哪里了，还想告诉他我不仅一直在为他担心，也在担心这场疯狂的战争正迅速地向我的家人和朋友靠近。我起身坐上蒲团，希望继续聊会儿。但是麻津已经转过身，急急忙忙地奔向厨房开始做晚餐去了。

1938年2月6日

“贤三明天早上下葬。”麻津平静地说。我们面对面坐在厨房，就着腌菜吃早饭。我还有点发虚，但已经精神多了。

他的嗓音吓了我一跳。这是他发现我在花园里呕吐并把我扶上床后说的最像他的话了。我依然很想知道他有没有去看佐知子，或者是否去了多摩神社为自己失去的朋友祈祷。但是我控制住没问。事实上，我害怕提到贤三的名字。麻津变得越安静，我就越密切地关注他。

我想，一方面我是怕他会做出什么疯狂的事情来。自从我来到垂水，麻津就变成了锚，而我则是一艘漂浮不定的船。我还没做好换地方的准备。

“在哪里？”我突然清醒过来，问道，“在多摩神社吗？”

麻津摇摇头。“是一个佛教仪式。”

“如果我跟你去葬礼你不介意吧？”

麻津抬头看看我，他的脸色缓和了一些。“如果你愿意的话。”他说。

“我知道自己跟贤三叔叔不是很熟，但我很想去送别一下。”

“我想，他会很开心的。”麻津说。

我想趁机跟他聊下去。“佐知子怎么样？”我问，“她知道了吗？”

麻津盯着他面前的食物，顿了好长时间。“我昨天去看她了。”他终于说道。

我停下来没吃，急切地看着他。“她怎么样？”我问，她被毁容的半边脸上那些皱巴巴的白疤感觉触手可及。

麻津重重地往墙上一靠。“我进屋的那一刻佐知子就知道出大事了。她站在门口看着我，似乎仅从我走路的样子就明白了一切。然后她只问了一句：‘贤三出事了？’我都不敢看她的眼睛，所以只是点了点头。”

麻津停下来，控制了一下情绪，才继续说下去。“佐知子举起手蒙住了嘴。她说不出话来。她示意我坐下来，就到厨房里去了。回来时，她端来了茶。她坐下来，只说了一句：‘何时？’于是我才告诉她，昨天发现贤三上吊自杀了。”

我低下头，想起贤三的身体被放下来时，碰到柜台的那一声沉闷的巨响。

麻津在等我抬头。他继续讲的时候脸色缓和下来。“一开始，佐知子一言不发。她只是坐在那里，就像我的话让她受到了侮辱。那情形，似乎我们会一直坐下去，直到永远。最后，她还是抬起头来，奇怪地启口谈及往事。

"'你还记得那一年的多摩祭吗?'她问我,'许多年前的节日了,当时贤三是抬神轿的成员之一,整个村子都沉浸在节日庆典里。'

"'我记得。'我回答道,奇怪她竟然从那么遥远的过去开始谈起。那是一个夏天,村子里最漂亮的两个女孩——她和友子满十五岁了。贤三作为青年代表之一被选去抬神轿,那可是一个了不起的荣耀。那一年垂水渔业大丰收,每个人都在庆祝他们的好运。甚至连我父亲也从他的园艺中抽出身来,加入到节日的庆祝中去了。

"'当人群变得疯狂时,'佐知子继续说,'我就知道自己要被踩倒了。是你帮助我站起来的,是吧?'她问我。

"我耸耸肩,有点犹豫。'那是很久以前的事了,为什么现在要提?'我问她。佐知子悲伤地笑了笑,碰了碰我的手。那个时刻在我心里已经埋葬了很多年,看起来已经不属于我了。你知道吗,那天当神龛被抬出来时,人群在敲锣打鼓和叮当钟声的鼓动下开始发了疯似的向它跑去。我跟在他们后面,这时便看见佐知子和友子被人群疯狂推搡着,奔跑在其中。接下来我知道的事情是,佐知子被绊倒了,而人群却还在向前推搡着。甚至连友子也还在继续跑,根本没意识到佐知子到底发生了什么事。那一瞬间我只是从背后抓住了她,让她站稳了脚跟。她是那么轻,几乎不费我什么力气。等她转过身来时,我已经消失在人群里了。"

"为什么不让她知道是你?"我问。

麻津清了清嗓子。"那一切发生得太快了。我不想让她难堪。后来,节日结束后,友子到处说是贤三救了佐知子,虽然他全程都扛着神龛。”

“难道佐知子或者贤三没说点什么吗？”

“佐知子从来没提起过，直到现在才讲出来。有时候，人云亦云往往更容易一些。而且，他们彼此爱慕，难道还有比这更浪漫的事情吗？”

“那么，现在她知道真相了吗？”我问。

“佐知子只是说：‘有时，人就是不愿意面对眼前的事实。我很抱歉，麻津。’

“‘这些年简直恍若隔世。’我告诉她。

“后来，佐知子说：‘在很多方面，贤三和友子更相像，都如此精力充沛。我忍不住想，如果他离开了垂水说不定能找到一种更好的生活。’

“我什么都没说。只有我才知道，有她在，贤三就永远不会离开垂水。他不能接受佐知子病后的样子，但是他永远不能消除对她的记忆。我很荣幸成为他的朋友并为他保守秘密。我从来不会背叛他。最后，他和我落得完全相同的命运：多年来，对同一个女人忠贞不渝。”

“你和贤三就再也没见过面？”我问道。

麻津笑出声来。“谁会需要我呢？”他指着自己的脸，问，“我过去常常想，贤三的守护神一定特别眷顾他。如果成功是以你拥有朋友的数量来衡量的，那么贤三算得上是一个成功的男人，但是谁也不能取代佐知子在他心目中的位置。”麻津低头陷入沉思。

我想，他是不是在思量自己的人生是否算得上成功。

“佐知子会下山来参加贤三叔叔的葬礼吗？”我问。

“不会。”麻津回答说。

“我想尽快去看看她，可以吗？”

麻津朝我身后望过去，就好像我不存在似的。“再找时间吧。”他苦恼地说。

我看得出来还有别的事情困扰着他。他摩挲着碗沿，脸上浮现出悲伤的表情。“我本来希望自己离开的时候让佐知子心情平和下来，”麻津继续说，“我不愿意把她一个人孤零零地留下来。但是我犯了一个错误，告诉她贤三并没有受太大的罪。佐知子难以置信地看着我，以一种沮丧的口气喃喃说道：‘难道这么多年我们受的罪还不够吗？’”

麻津再也没有说话。我重新端起碗，默默地吃饭。我知道，多问任何一个问题都是打扰。

吃过早饭麻津就去花园了，我则坐在祖父的书桌前给母亲写信。过去这些天来发生的所有事情都在我脑子里打转。我想去看望佐知子，可是又不知道该跟她说些什么才好。尽管贤三的死占据了我的全部心思，但是我没向母亲提一个字。我猜她可能认识他，我可不愿意让她为其他事情担忧。相反，我写道，真希望她好些了，我强调虽然不能回香港跟她在一起，但是我非常喜欢她寄来的礼物。接着，我描述自己在这里度过的假期有多么美妙，麻津对我的照顾多么无微不至。我始终小心翼翼，对父亲只字不提。

我把信塞进一只薄薄的蓝色信封，去找麻津，告诉他我打算去寄信。他还待在花园里，蹲着将一棵新的松树种下去。

“我想去村里给母亲寄信。”我说。

麻津抬头瞥了我一眼。“你觉得自己能行吗？”他问。

我知道，昨天的难受其实跟我一直以来体力消耗有关，而不是旧病复发。我马上想到，如果清和母亲知道我的所作所为，她们会如何担心。“慢慢走，走慢一点啊。”我仿佛已经听到她们的殷殷嘱咐。

“我已经好了，”我让他放心，“我去那儿，需要让我取什么东西吗？”

麻津慢慢地从地上直起身来。他仔仔细细地打量我，看我是不是还有发烧或者疲惫的迹象，最后他终于对我的状况感到满意，问道：“你能取一下邮件吗？省得我再跑一趟。”

“当然可以。”我回答道。

看我急切的样子，麻津笑了，他额头上和眼睛周围起了一圈细细的皱纹。这是我到垂水以来第一次意识到麻津已经不再年轻了。过去的几个月来，他证明了自己无所不能，除了衰老。他伸手从裤兜里掏出一把金属钥匙。

“你祖父的名字还在邮箱上。”他把钥匙递给我时说。

“我很快就回来。”我一边说着，一边把钥匙揣进衣兜里。

走到竹篱门，我转身看见麻津正小心翼翼地俯身跪下来。天空阴沉，头顶一片灰茫茫，我抑制住眼泪，没让它们掉下来。我想跟麻津说一切都会好起来的，贤三的死是他自己的选择，就像友子曾经的选择一样。麻津和佐知子现在应该忘记过去，开心起来，这并不是一件难事。然而，这些想法涌到了嘴边，我还是吞了回去，然后沿着白色的沙路开始向村子里走去。

村子里阴暗寒冷，我寄完信，拿了邮件走出邮局。我飞快地翻看这摞信，没有写给我的。我打量了一眼街对面，贤三的茶社黑黢黢的，障子窗还遮着黑纱。门上，也垂挂着黑色的布帘，那是贤三的一幅遗照。触目皆是黑色的挽幛，我默默地站在那里，依然不敢相信贤三已不在人世。

村里闲适依旧，几个老人坐在店面外，以毕恭毕敬的腔调低声地谈论着打渔、家事以及战争。我经过的时候，他们既没有看我一眼，也没有停止谈话。这是我第一次感到自己在垂水的出现不再是件大惊小怪的事情。女人们来来往往，忙着日常采购，背上要么背着竹篓，要么背着孩子。有人拍了拍我的胳膊，我转过身，一眼就看到惠子站在身后。

“你好，斯蒂芬君。”惠子后退一步，鞠了一躬。她一袭黑色的和服，拎着一只棕色的竹篮，篮子里装满了红红的柿子。

我笑了，感觉很意外。这是我唯一一次没有在村子里尘土飞扬的街道下意识地寻找她的身影。

“惠子小姐，你好。”我向她鞠躬，还礼。

“贤三叔叔的事情真让人难过，”她一边说着，一边瞥了一眼茶社，“全村的人都在哀悼。可是为什么贤三叔叔想要寻短见呢？”

我缓缓地摇了摇头，确保自己不要说漏嘴。“真让人难过啊。”

惠子将竹篮换到另一只手上。“我知道他和麻津叔叔是很亲密的朋友。”

“是的，他们曾经是，”我说，然后又自告奋勇地，“让我帮你拎篮子吧。”

惠子犹豫了一下，将竹篮递给我，连连鞠躬道谢。她身上的味道很好闻，像是茉莉花香。

“你去哪里？”我问。

“我正要回家。”

“好吧，我这里的事情也办完了。我可以送你回家吗？”

惠子又退后了一步，连忙回答道：“我家不远，斯蒂芬君。拜托，我得走了。”她伸出手来抓竹篮的把柄，她的手碰到了我的手。我们僵持在那里，谁都没有把竹篮抢过去。

“你是怕美嘉看到我们吗？”

惠子摇摇头。她出人意料地拽了一下，猛地将竹篮抢了回去，结果却把柿子撒了一地。我赶紧弯腰替她拾起来，双手捧着，我的一举一动她都看在眼里。

“我们很快会再见的。”她说着，伸手来接这些掉落的柿子。

我故意缩了回去。“你在怕什么？我只不过是想帮你把竹篮拎回家。”我懊恼地说。

惠子的目光从柿子上移开，哀求地看着我。“拜托，这些是给我父亲吃饭时用的。他非常保守，而且我回家已经迟了。”

“你是怕你父亲不喜欢我吗？”

“求你了，斯蒂芬君。”

我颇有些踌躇，但是一看到她一副心急如焚的样子，我就把柿子统统放回篮子，再也没说一句话。惠子鞠了一躬，在匆匆离去之前她抬头感激地看了我一眼。看着惠子害怕的样子，我禁不住想，难道她的父亲如此保守，已经到了禁止她跟年轻男子在一起的地步？或者也许跟我是中国人有关？惠子在拐角处已经消失了好久，我依然站在原地，一动不动。

1938 年 2 月 7 日

贤三的葬礼上，全村人都出动了。聚集在一起的，是一群老人，妇女和孩子。在惠子提及她的大哥之前，我想当然地认为垂水大多数的青壮年都到大城市挣钱去了。现在，我才知道他们大多数人是参加了日本军队。我曾经问过麻津，为什么垂水的青壮年如此少见，他只是摇了摇头，说："他们都去做梦想家，实现梦想去了。"

来到海滨之屋的头一个月，我曾经以为身在垂水让我远离在中国所发生的一切。然而当我走在麻津身边时，现实给了我当头一棒：人群中，我是唯一的年轻男子。虽然村民们已经对我见惯不惊，但我还是感觉自己碍眼，极不自在。

我使劲拽和服腰带，想把它束紧，这身黑色的和服是从麻津那里借来的。今天早上我才意识到自己没有黑衣服可穿。与中国的某些葬礼可以穿白色不同，参加佛教的法事只能穿黑色。麻津笑着递给我一件特别大的黑色和服，大得足以把我裹两层。这是唯一一件我可以临时凑合一下的衣服，我松松垮垮地挂上身，穿上一双木屐，跟在麻津后面笨拙地出发了。

空气中充满了烧香的味道，奔丧的队伍走出村子向佛庙进发。麻津曾经告诉我，出生仪式和婚礼一般都在达摩神庙举办，葬礼则不同，得按佛教仪式来举行。在佛教信仰里，人们相信经过一生的生活和思考，一个人能够获得涅槃。

寺庙是一座高大的木头建筑。这是迄今为止我在垂水见过的最华丽的房子，金红色的墙，屋顶的波楞瓦，莫名地让人回想起香港。从村子过来，步行就可以到达，这样被埋葬或火化在此的先人们就不会感到寂寞了。

一路上人群像一条黑色的波浪在涌动，慢慢地涌进寺庙里。整个过程中麻津都沉默着，有人对他失去好朋友表示慰问，他也只是颔首致意。即使村民们另有所知，他们也都不作声，以沉默对麻津表示尊敬。

寺庙里，偌大的厅房里热气腾腾，香烟缭绕。前方有一座简易的祭台，却没有看到贤三。身穿鎏金长袍的和尚开始法事，低声诵起了经文，在房间里嗡嗡回响。诵经声始终伴随着均衡的叮当声，那是铜锣和铙钹敲出来的。我们频频鞠躬，重复经文，祈祷贤三的灵魂能够寻找到终极的幸福。法事进行到一半，我扫视四周，看见惠子穿着黑色的和服戴着黑色的面纱，站在几条过道之外。她右手上戴着一枚小小的珍珠戒指，这让我认出了她。她身边站着美嘉，然后是一对上了年纪的男人和女人——一定是她们的父母了。我看不清她母亲的长相，不过我看到了她的父亲，矮胖，粗壮，秃顶，神情和外表看起来更像是商人，而不是渔夫。

法事结束后，我决定靠惠子和她的家人近一些。昨天在村子里惠子千方百计想逃开，我依然对此耿耿于怀。在我脑海里，仿佛又看见那一双黑眼睛在恳求我让她走，当她的家人近在咫尺，我才恍然大悟。但是太迟了，因为惠子转过身正好与我四目相对。她一把抓住美嘉的手臂，拉着她就要离开，但根本来不及，她的父亲也同时朝我转了过来。他严肃地站在那里，纹丝不动。他打量着我，不苟言笑，目光好像要把我刺穿。我僵立在原地，不知道该做些什么，然而我又离他太近根本做不到假装若无其事。他弯下身子，冲惠子的母亲嘀咕了几句。只见她谦恭地点了点头。等他转回来面向我时，脸上的表情已然充满了憎恨，我只好低下头，赶紧逃开。

在寺庙外，我环顾四周，寻找惠子的家人，发现他们已经走了，才松了一口气。至少我明白了为什么惠子总是急于离开我。不管出于什么原因，她父亲对我的敌意是明明白白的。我从来没遇到过如此深仇大恨，想到这便不禁有点战战兢兢。

远处人声渐起，人群四散，沿原路向村里走回去。我站在一旁等麻津的时候，眼睛的余光看到了她。她穿着黑色的和服，黑纱遮面，她清瘦而优雅的身影在林间徘徊。我的目光一落在她身上，就知道不是幻觉：佐知子终于还是来了。不一会儿她也看见了我，便撩起面纱，朝我的方向深深鞠了一躬。我打量四周，确定没有人发现，便朝她还礼。等我抬起头，佐知子已经不见了。

1938 年 3 月 7 日

似乎所有事情都进展缓慢，甚至根本就没有进展。收音机里和父亲从神户给我寄来的一周前的旧报纸都只证明了一件事，中国境内的战争正以摧枯拉朽之势进行着，这让我五内俱焚。每天我都在等待母亲的来信，或者是父亲捎来口信叫我回神户，至少在那里我会离时事更近一些。然而，唯有令人不安的沉默。

自从在寺庙遇到佐知子和惠子，我就一直惴惴不安。她们俩都从我生活中消失得无影无踪。我知道佐知子避世绝俗，隐居在山口村，便每天去一趟海滩，希望能看到惠子。她父亲冷漠仇恨的眼神似乎已经远去，但是又像一个噩梦，总在最让人意想不到的时刻全力反扑过来。我不禁想，如果我是个日本人，他还会如此敌视我吗？或者，会不会是因为我们两家之间的宿怨，才让他如此厌恶我？在垂水，这是我第一次感觉置身于某种敌意中。不过，我唯一知道的是，我想再见到惠子，我只希望她跟我心意相通。但是日复一日，我只看见无边无际的大海和空旷无垠的白沙滩。

几个星期以来麻津都没离开过屋子，今天早晨却不见了，哪里都找不到他。我暗暗希望他到山口村去了，即便撇下了我。一想到贤三的葬礼后佐知子形单影只的样子我就感到揪心，但我不敢跟麻津提这事。贤三去世后，我在垂水已经开始的新生活戛然而止。我重新变回一个病号，睡睡懒觉，终日无所事事。日子一天天过去，麻津在花园里默默劳作，独饮伤悲。我对佐知子的承诺打消了再偷偷摸摸去看望她的念头。在脑海里，我看见她黑纱遮面，消瘦的身影在树林徘徊，有时候我怀疑那只不过是一种幻觉。我依然把她在庙里的露面当作秘密，不能确定她是否想要让麻津知道。他看起来似乎是在故意远离佐知子，好像贤三的死让他们形同陌路。好几次，我想用力摇晃麻津，好让他从幻觉中醒过来。但是我明白他需要时间，所以我离他远远的，安静地等待着。

1938 年 3 月 14 日

今天早晨我心绪不宁,坐立不安,便决定到花园里写生。麻津到村里去了,我坐在他最喜爱的木棉树下,突然听到啪嗒啪嗒地传来沉重的木屐声,继而又看到竹篱后一个影子正迟疑地向前门走去。我站起来等着,心跳加速。影子在门口停住,然后长时间一动不动。这时,突然响起了轻轻的敲门声。我恍然大悟,那是惠子呀。我赶紧拉开大门,便看见她穿着一身淡蓝色的和服,悄然独立在数尺之外。

"早上好,惠子小姐。"我希望她不会逃跑。

惠子深深地鞠躬,沉默地还礼。但是她没有看我的脸,而是径自低头看地。

"一切都好吗?"我问。

惠子还是不愿意抬头看我。"我来替我父亲道歉。"她终于说话了。

"你根本用不着,"我顺着惠子的目光看向地面,"你哥哥和这场战争……"我努力想说点什么,但欲言又止。我在想他们也许已经听说了她哥哥的消息,或者惠子也许知道更多一些关于南京大屠杀的事情。

"为帝国军队作战是增田自己的决定。父亲没有任何理由对你无礼,"她喃喃地低语道,"他已经让我们家蒙羞。"

在那一刻,我想捧住惠子的脸,亲吻她的嘴唇,但是我知道这只会把她吓走。于是,我退后,再次鞠躬。"惠子小姐,你愿意赏脸跟我在花园里坐会儿吗？”

惠子瞥了一眼自己的肩：“我必须回去了，斯蒂芬君。”

“那么让我陪你走走。就一段路。”我赶紧说道。她还没来得及拒绝，我已经从她身边走开，向大门外走去。

我们没有走大路，而是沿着长长的海滩漫步，温暖的沙滩轻抚着我的脚。我看向沙丘，生怕会看见美嘉，当发现只有我和惠子时，我才轻松起来。

“我一直盼着再见到你。”我先开口说话了。

惠子跟在我身边，缓步而行。她依然躲避我的目光。我说不好她到底是害羞，还是依旧为她父亲的无礼感到难堪。“出来一趟很困难，”她说，“美嘉一直在我身边，父亲又非常严厉。我告诉他们我想去多摩神社为增田祈福，因为我知道美嘉更愿意待在家里。”

“实际上我并不知道你是否还想再见我。”

惠子蓦地停下脚步。“我想的，”她一边伸出木屐踢沙子，一边温柔地说，“希望你能接受我的道歉。”

我向惠子走近一步，她身体顿时一紧，但是并没有走开。我触摸着她光洁白皙的脸颊，轻轻抬起她的下巴，让她和我四目相对，然后我慢慢前倾，吻向她。要不是她挣脱了，我还会继续吻下去。

“我得走了，斯蒂芬君。”她满脸通红地说。

我依然情意缱绻，不想让她这么匆匆忙忙地离去。但我只是站在那里，双脚深陷进沙子里。“什么时候我才能再见到你？”我朝她离去的方向呼唤。

惠子停留片刻，转过身来面向我。“我会来找你的。”她说。她的声音在空气中飘散，我徒劳地想紧紧抓住。她朝沙丘跑去，手臂在空中飞扬，和服袖子优雅地飘荡开来，像两只翅膀。

第三部

春

1938年3月28日

几个礼拜以来天气暖和了许多。自从那天见了惠子之后，我的心情也明朗了许多。就好像冬天的阴霾已经消散殆尽。每天我都能看见春天在以最细微的方式到来，通常是麻津那株“哭泣的彼岸”[1]首先绽放出瓣瓣樱花，每次我走进花园，都闻得到淡淡清香。

今天我游泳回来的时候，麻津跟我一起从花园里进了房间。“有你的一封信。”他说着，把一个薄薄的蓝色信封放在桌子上。

“你已经去过村里了？”我惊奇地问。

“我得去弄些大米，”他回答道，“也省得你再跑一趟去拿邮件。”

我的目光从他身上移开，落在信封大而匀称的字迹上，一眼就

---

① 日本的彼岸樱，也叫枝垂樱，是日本樱花里最漂亮的一种，又称瀑布樱花，花开时如粉红瀑布一样悬挂下来。

认出来是小派的信。“是我妹妹写来的。”我开心地说。

麻津会意地笑了。“我在花园里。”他说。

他出去后，我打开信就读起来，急切地想知道小派近况如何。读着她的信，就好像看见了她大大的黑眼睛，听到了她透着灵巧劲儿的大嗓门。

“亲爱的大哥，”她写道，“我没有写信给你，你一定很生气吧，但是听我解释完为什么这么久不写信，你一定会原谅我的。”面对她的解释，我喉头一阵哽咽。

“过去的一个月以来，我一直在设法通过学校去位于湾仔的红十字会救济中心。我什么都做，从卷绷带到整理捐赠的衣服再到充填护理包。妈妈还不知道，所以请千万别说漏了嘴。她以为我在皇后大剧院看埃罗尔·弗林[①]的最新电影，要不就是在中心购物。她不明白可是我知道你懂的。妈妈害怕所有这些从内地拥到香港来的贫穷和饥饿的难民，宁愿我们跟他们保持距离。日本鬼子奸淫掳掠，杀害他们的家人和朋友，让他们无家可归，四处逃命，这都没关系！妈妈认为她已经做了比她的慈善捐赠多得多的事情了。她宁愿过她自己的麻将生活，而假装对街上所有这些忍饥挨饿的难民视而不见。此外，我不知道为什么，最近妈妈一直情绪不好，要么出门，要么就闷在她的房间里。我在家的时候，清不肯让我发出一点儿声响，所以我觉得不如出去走走看看。

“等你回来的时候，你会发现香港跟你离开时相比已经面目全非。过去这几个月来，湾仔附近的山已经成为千千万万难民的家。

① 埃罗尔·弗林（Errol Flynn，1909—1959），澳大利亚电影演员、编剧、导演、歌手，主演电影有《侠盗罗宾汉》。

他们住在临时搭建的棚屋里——任何他们能找到的东西都能用来搭房子,比如木片,或者硬纸板。家家户户都挤在肮脏的黑乎乎的盒子里。他们像蝼蚁一样拥挤在山坡上。用不了多久这些人就会生病,要么剧烈咳嗽,要么腹泻。下暴雨的时候,大多数棚屋从山腰上坍塌滑落,就像纸房子。许许多多人家被泥土和碎石埋葬。一个棚户区才刚刚消失,另一个又在原地搭起来。试图给他们钱是远远不够的,我得做点什么。”

小派的话直击我心。她年仅十二岁,却已经比我们任何人都更具有勇气。唯一让我的快乐打了折扣的是小派在信末一句不经意的短短的备注。“听妈妈跟清说她希望你尽快回家,因为你在日本可能不再安全了。我迫不及待地想见到你。”

我好像听到母亲的话回荡在寂静的半空。我放下信,真希望自己能告诉她,在这里跟麻津和佐知子在一起我有多安全,而我和惠子的相知才刚刚开始。

1938 年 4 月 15 日

今天早晨我下定决心再去看望佐知子。麻津一直在服丧,我已经等得太久了。但是我起床后发现家里空荡荡的。每个房间我都找了一遍,显然麻津在我睡着的时候就已经悄悄出门了。

等他的时候,我打开收音机,听到了一个出人意料的好消息:“台儿庄战役只是暂时受挫。帝国军队将继续一往无前,镇压中国人的反抗。那些为伟大的天皇陛下赴死的人虽死犹荣。”

接下来，我就动手把另一幅早些时候动笔的花园写生画完了。就在我决定在祖父的书房里着手画另外一幅油画的时候，终于听到麻津走进花园的脚步声。他在拉门边停了一小会儿，咳嗽了两声，然后进了屋。

“听收音机里说，日军在台儿庄战役中损失惨重。”我说。

麻津只是哼了一声，作为回应。

我继续和颜料，不太积极地开始工作。我在寻找任何一件可以分心的事，这样就能继续享受得到中国人获得台儿庄大捷消息后的喜悦了。我好不容易挤了一些黄颜料到木盘上。

但麻津并没有像往常那样马上离开屋子，而是站在桌边看着我。他伸手摸摸支撑在画架上的空白画布。“不错，”他说，“又一幅画。”

“我希望自己有事可干。”我回答道。

“你可以的。”他心领神会地说。

我真希望能像麻津那么笃定，他似乎对任何事情都不作二想，一直都坚如磐石。我的目光从空白画布上移开。

“我走了，你画画吧，”麻津说，“我得开始做午饭了。”

“还早呢。”我含糊地说。我继续搅拌颜料，只隐隐约约地听到他说了一句话。

“我想我们一会儿可以去看佐知子。”

我心不在焉地点点头。突然之间，麻津的话使我精神一振。我马上转头，想告诉他能去看佐知子我有多么高兴，但是他已经走出祖父的书房，回厨房去了。我听见他往那把喜爱的已经磨损的旧茶壶里倒水，然后当啷一声响，将它放在炉子上烧起了水。

山口村之行充满了期待。午饭我们简单地吃了些面条和鱼饼，很快就出发了。麻津带了个小包袱，我猜应该是给佐知子的礼物，但我们谁都没说什么。我们沿着山路默默地行走着，各自思绪重重。

我不仅见到了惠子，收到了小派的信，现在终于又可以去看望佐知子了。虽然我兴高采烈，但是心头一种苦涩的滋味却挥之不去：也许我很快就会回香港了，而这有可能是我最后一次去山口村。

离山口村越来越近，麻津放慢脚步，转过身来，好像突然想起来我跟在他后面似的。

“你有没有闻到起火的味道？”他问。

我停下来，第一次真正打量四周的树林和灌木。微风在荡漾，一股热风拂面而来。我突然觉得这里安静极了。没有小鸟啁啾，我好像听到了麻津轻微的鼻息声，马上我就恍然大悟：让空气泠然作响的是一股淡淡的烟味。我抬头望向另一面晴空，一朵黑色的烟云正在我们和山口村之间的森林上空升起来。

“快看！”我说。

“你赶紧回去！”麻津转过身，拔腿就跑。

我呆立片刻，不知如何是好。麻津身后腾起了一道沙尘。我不假思索地跟着他上了路，在双腿和肺活量容许的情况下一路狂奔。

顷刻之间，麻津就跑完了到山口村的最后半英里，和我拉开了距离。越往上走，热气和烟雾就越浓。我的心怦怦直跳，肺里火烧火燎，但是我不让自己慢下来。中途我停下来一次，抬头便看见麻津消失进一片浓烟滚滚的空旷地带。我深呼吸几口气，沿着小路，跟随麻津跑进了小村的中心，烟雾弥漫，又辣又呛，我只能用手捂住嘴巴和眼睛。我不禁想起小派在信里说起的那些居住在山上的难民如何被暴雨卷走。山口村在这座山上存在多年；如果要毁掉她，雨水远远不够，但没有人曾经提起过火灾。

我放眼望去，空地周边的房子都没有被火烧到。着火点在村子另一头，更靠近佐知子的住处。我感觉心脏快要从心口跳出来似的。越往村子深处跑，就越是浓烟滚滚。我咳个不停，嗓子刺痛，赶紧从口袋里摸出一张手帕来掩住嘴。我强迫自己继续往前跑，继而听到噼噼啪啪燃烧的木头下面传出低沉的声音。我还没来得及搞清楚是怎么回事，一个人从我身边跑过去，从后面撞了我一下。我一个踉跄，幸好在跌倒之前设法稳住了自己。

“水！”男人在高喊，“水！”

我朝他跑过去。他急急奔向火边的时候，肩上挑的大水桶水花四溅，洒了一地。

“我来帮你！”我大喊道，一边赶上他。不管他有没有明白我的意思，他还是交给了我一只水桶，粗糙的绳索勒着我的手掌——我用两只手让它保持平衡，这样水就不会泼洒出来太多了。

往前走，热浪扑面而来，只见橘红色的火焰吞噬了一间木棚，然后火光冲天而起。隐约看见几个男人和女人拎着木桶冲上去，将正在乱蹿的大火扑灭，但没过几分钟，烈焰又肆无忌惮地将木棚重新吞没。几个男人爬上了树，砍掉树枝以免烧起来。我急急地查看四周，但是没能找到佐知子。我听见麻津的声音不知道从什么地方冒出来，朝四面八方叫喊着要控制火势，免得烧着更多的房屋。在我身后，一个妇女先是尖叫，然后发出阵阵呜咽。我使出浑身的力气泼出手中那桶水，眼睁睁看着它飞向熊熊大火，却无济于事。

有人碰了碰我的肩膀，我转身一看，原来是给我水桶的那个男人。他示意我跟着他走。他个子矮小，不过很强壮，我来到大水桶旁边，才注意到他手上的指头几乎完全被咬掉了。水桶的绳子又粗又重，已经在他前臂上烙出了长长的红印子。他以不可思议的速度运动残臂，将木桶放进水桶里，灌满后再拉出来。我把手绢打湿，系在头上蒙住嘴巴和鼻子，然后把我的水桶也灌满了。显而易见，杯水车薪，大木桶里的水远远不能扑灭正在肆虐的大火。然而，我们依然灌满木桶，一次又一次地冲上去战斗。

当最后的火焰终于被扑灭的时候，似乎已经过了好几个小时。浓烟散尽，我们才看清楚，大火只是烧毁了两三幢房屋。麻津在房子四周挖沟，用泥土来形成防火隔离带，在火势蔓延之前把它们控制住了。我们全都灰头土脸，茫然地站在原地。远处，我看见佐知子的屋子安然无恙。她正忙前忙后，安慰着另一个屋子被烧毁的女人。

我扯下手绢，擦了擦脸。麻津发现我也成了消防队员，走过来一把搂住我的肩。“你父亲会为你感到骄傲的。”

“火怎么烧起来的？”我问。

麻津擦拭着眼中的烟尘，他的双腿已经被热浪熏得通红。“还没有人搞清楚。”他说。接着，他又以充满关切的口吻问：“你还好吧？感觉怎么样？”

我笑了。尽管肺部依然火辣辣的，咳嗽已经冒到了嗓子眼，但是我不想让麻津担心，只轻描淡写地告诉他：“我感觉从来没这么好过。”

我和麻津看见一个隐燃的火堆，村民们围过来，把水泼向这片黑色的废墟，只听得一阵嘶嘶声，冒出一缕白烟。我吸了一口浓烟，环顾四周。大多数村民的黑色面纱和布绷带都在与火灾的殊死搏斗中七零八落。但是任何一个可怕的疤痕，缺失的鼻子和残肢断臂都阻止不了一个男人或女人为拯救山口村而奋斗。他们四下里站着，擦擦脸上的烟灰，已经在制订重建计划。

“你决定今天来真是料事如神。”我说。

麻津大笑起来。“村里的神今天一定都在山口村。”

“有你是他们的幸运。”我又说道。

麻津看向别处。“我们把火扑灭了，这才是件大好事。如果大火失控，他们就会一无所有。”

“这是他们第一次遇到火灾吗？”

“这是我知道的最严重的一次，”麻津说，“他们一直都小心防范。你不得不小心——住在这么偏远的地方，得确保在无灾无患的情况下才能幸存。”麻津摇摇头：“我想，等我们都老了的时候，情况会变得糟糕得多。”

我想着如果情况危急，又远离援助，该有多么困难。没有红十字会可以求助，没有小派那样的志愿者来排忧解难，也没有家人可以依靠。这看起来很不公平，因为他们总是不得不为了少得可怜的东西独力奋斗。

“那么……非常感谢。”一个声音突然在背后响起。

我们转过身，佐知子正跪在地上，躬身长拜，前额一直磕到了地上。

我们在茶几旁坐下来，佐知子向我们熟悉的陶杯里倒上绿茶，烟味好像渗入了每一道缝隙，从我们的衣服到榻榻米。

“我告诉过田中不要保存这么多杂志的。它们堆放在那里随时可能会着火。”佐知子一边说，一边摇头。“现在他们变得一无所有了。”

“一切都可以重建。”麻津说。

佐知子悲伤地摇摇头：“他们犯不着反复重建自己的生活。”

“只要他们活着，就得这么做，那才是至关重要的事情。”麻津说着，一口喝掉了杯中的茶，然后把空杯推给佐知子，示意她再加满。

“我还从来没见过这样英勇无畏的事情。”我插嘴道。

佐知子抬头看我一眼，笑了。“拯救自己的村庄算不上什么英勇之举。这只是保护自身财产的本能。英勇是你在没有什么可损失的时候出手相助。麻津和你，斯蒂芬，你们才是英勇无畏的人。”

“我们所担心的损失，你是想象不到的。”麻津说道。佐知子低下头，脸红了。

我喝干杯中的剩茶，站起来：“我想出去看看现在情况怎么样了。”我一边说，低头扫了他们俩一眼。

“小心点，斯蒂芬。”我在身后随手关上门的时候听见佐知子大声嘱咐道。

浓烟终于散去，油灯在黑暗中闪烁着泛黄的光。浓重的烟味和树木被烤焦的味道还会再持续一段时间。村民们——我估计有百来号人——聚集在被烧毁的地方，围着一个临时的祭坛，正在祈祷着，向村里的神表示感谢。

我们决定在山口村过夜。赶回垂水，第二天又返回来帮忙收拾显然没有必要。烧毁房屋的村民们搬到别的村民家住下来，他们拥挤的棚屋变成了受欢迎的避难所。麻津和我借住在一个村民家中，他叫弘叔。他和我一桶一桶地运水灭火之后就成了患难之交。一听说麻津和我要留下来，他第一个主动接纳我们过夜。

"我们有过比这更困难的时候，"弘叔告诉我，"没人知道该怎么对付大自然。在她手里我们都软弱无力。"他在我面前摇摆着畸形的手，笑着露出无齿的牙龈。我们坐在他的两间小居室的地板上。屋子里干净而简朴，家徒四壁，一贫如洗。"很多年前，大概是在1923年，我们遭遇了一场地震，那一次房屋全倒塌了，片瓦不存。"

"有人遇难吗？"

"我们埋葬了几个人，"他指着窗外一片空地回答说，"在那边，在那片树林背后。如果我们的房子再坚固一点的话情况会更糟。幸运的是，当房屋倒塌时，我们的轻型建筑材料只夺走了少数几个人的生命。"弘叔轻轻地叩击着薄薄的墙壁，那都是由障子墙碎片和木板钉在一起建成的。

"你们是怎么把材料弄上山来的？"我问。我这才意识到所有的东西都得搬上山才能运到山口村来。

弘叔指指另一间小屋子，麻津正在里面铺床。"这主要归功于麻津，"他大声地说道，"一开始，没有他的帮助我们根本无法活下去。他才是山口村真正的神，一定是这样今天他才来到村里来的。"

我自豪地点点头。"他不断地给我惊喜。"

弘叔把腿放到座布团下，压低嗓子说："我认识麻津已经很多年了，他从来就不是那种可以貌相的男人。”

“我想山口村的每一个人都配得上你所说的这句话。”我接嘴道。

弘叔哈哈大笑。“那么你呢，斯蒂芬？你漂亮的面孔说明了什么？”

“说明学海无涯，我需要学习的多着呢。”我一边回答，一边俯身过去给他的杯子续满茶。

我比弘叔和麻津都醒得早，救火之后我浑身肌肉酸痛。我从榻榻米上慢慢站起来，忍住四肢的隐痛，悄悄穿好衣服，在他们醒来之前从前门溜了出去。太阳刚刚升起，大多数村民还在睡觉。我深吸一口气，觉得嗓子又干又疼。空气中还萦留着一股浓重的烟味，在灰色的晨曦中，昨日大火烧焦的黑疤看起来触目惊心。在一间破烂的棚屋里，我隐隐约约地听到一个人醒来发出的微弱的声响。我慢慢朝佐知子的屋子走去，虽然我知道这实在是太早了，对她来说只会是打扰。然而，我有一种奇怪的强烈愿望，想再次看到她的枯山水花园，置身于它的宁静之中，思考将如何重新面对来自香港的一切纷扰。

我绕屋一圈朝偏门走去，就像我和麻津一起来拜访的那天一样。我轻轻拉开门又关上，弄出一阵轻微的吱嘎声。我转过身，明丽的朝霞正照亮花园。霞光让石头的激流闪闪发亮，我站在门口，看着阳光反射在石子上，知道过一会儿随着太阳变换方位，花园的面貌又将会大不一样。

“早上好，斯蒂芬。”

佐知子温柔的声音出人意料地响起来，我吓了一跳。我转过身，她穿了一身蓝色的棉布和服正从屋子里出来，顺手从身后拉上了屏风。虽然佐知子看起来又瘦又小，但是她的出现立刻让花园生机勃勃起来。就像是她突然将花园从静寂中打捞了出来，并赋予了它灵魂。她走近我，鞠躬，缓缓地直起身子，然后直接把遮盖疤痕的黑围巾完全取了下来。她笑着说："我听到了有人在外面的声音。斯蒂芬，你起得真早。"

"早上好，"我鞠躬还礼，"我一点也睡不着。"我站起来，佐知子正举起手，遮挡住明亮的晨曦。

"我也发现自己怎么都睡不着，"她笑道，"躺在那里，我辗转反侧，焦虑不安。不如起来做点什么事情更有意思。"

我呼吸着温暖的但依然夹杂着淡淡烟味的空气，跟佐知子一起置身于安静的花园里，感觉既高兴又伤感。令人烦恼的事情又回到我的脑海——我将不得不离开垂水了。战事每一天都在升级，收音机里那个千篇一律的声音在号召更多的日本青年"去实现天皇陛下的愿望"，或者"为你的皇帝消除一切烦恼"。小派的信，以及大量拥进香港的难民让我明白，我将不得不离开麻津和佐知子，这是迟早的事情。但是我竭力抑制住这些烦人的思绪，这样就不会浪费我们在清晨共度的宝贵时刻了。

"那麻津呢？"佐知子问。

"他还没醒。"

佐知子点点头。"他一定累坏了。我经常觉得奇怪，他所有的精力是从哪儿来的，"她环顾着一尘不染的花园，轻轻碰了一下我的手臂，"跟我来，斯蒂芬，我想给你看样东西。"

我跟着她来到花园后面，在那里，巨大的石块自然地形成了一面小山坡。我看得出来哪些地方借用了麻津的特别手法，比如为了填补石流泉的裂缝，她沿边缘填补了一小块一小块的苔藓。佐知子步履轻快地走上了一条小路。走到一半，她停住脚步，转过身来看我是否还跟在她身后。就在这时，佐知子突然跪了下来，俯身朝石头缝里看。我顺着她微笑的目光看过去。在那里，在两块巨石之间，蓬蓬勃勃地开着一大簇花，简直让人惊艳——蓝紫色的花朵从一片绿叶中冒出来，像是泼溅出来，它们就那么无缘无故地安然置身于沉闷而灰暗的石头之间，兀自怒放着。

“它们是怎么从这里长出来的？”我问道，惊讶于如此精美的生命竟然能存活在一堆乱石之间。

佐知子笑了。“这是生命的小小奇迹之一，”她说道，“正如麻津所说，生命一旦被设定，你就不能改变上帝的意志。”

泡泡状的花苞从细长的茎干上冒出来，像是一炷炷香。

“它们真美。”我说。

“而且还不易凋谢。”佐知子笑着说。她用手指轻轻拢住一朵花蕾：“它们叫作桔梗花。你看到没，这些花蕾的形状多么像小气球？”

我开心地点点头，靠在身后的岩石上，看佐知子小心翼翼地呵护着刚刚冒出来的花蕾。从她的脸上我看到——那也是麻津在花园干活的时候我从他脸上无数次看到的：一种完美的平静。我开始怀疑，这桔梗花究竟是奇迹，还是麻津知道佐知子很快就会发现它们绽放的美丽，便偷偷把种子撒在了这里？

佐知子好像知道我心思似的，她停下来，抬头看着我，说：“时间确实会改变一些事情。我还记得那时候我连看一眼花或者闻到一点花香都不能忍受。它们什么都不能带来给我，既带不来美丽也带不来平静。”佐知子指着花园，“我不愿意让麻津在这花园里种任何的花草，因为太难了。它们只会让我想起过去，想起友子，以及所有那些进入我生命却昙花一现的事情。”

“那现在呢？“我问。

佐知子依然席地跪坐，来回搓着双手：“至于现在，斯蒂芬，我对任何来到山口村的美丽都充满了感激。我做梦也想不到，过了这么些年后我竟然还有幸遇到像你这样的朋友。”

我踌躇了一会儿，陷入沉思，用手指梳理着头发。“我不能确定自己还能在垂水待多久。战争看来会对我的未来产生决定性影响。”

佐知子忧伤地点点头。“你看，斯蒂芬，即使躲在山口村，我们也躲不过战争，我们都被它的疯狂弄得精神失常了。”

我不知道该说些什么。很难想象两国交战，佐知子和我就成了敌人。我意识到佐知子在细细地端详着我。“不管发生了什么事情，我们将永远是朋友。”我真诚地说。

佐知子噗嗤一声笑了起来。“我也永远不会另作他想，斯蒂芬。”

我突然想起贤三来，灭火时我太兴奋，差点把一些事情忘了。“我为你失去老朋友贤三感到难过。”

佐知子低头看着手中的桔梗花，然后朝我露出一个痛楚的表情。“我一直都期待我们能够找到一种平静的方式度完余生。我向神灵祈求，但是事与愿违。”

“我在贤三的葬礼上看到你，还以为自己在做梦。”我说。我不知道佐知子会作何反应，也不想让她感到尴尬。

佐知子毫不犹豫地回答道：“我想去确认一下贤三的灵魂是否

得到了安宁。对我来说去道个别很重要。到最后一刻我才决定去的，因此麻津不知道我在那里。这只会让他毫无必要地担心。”

“我从来没有告诉过麻津见到你了。”我赶紧补充了一句，庆幸自己至今对她的到场守口如瓶。

佐知子朝我深深地行了一个礼。

我们坐下来，重归沉默，好像有一只温暖的手环绕着我们，呵护着我们。但此情此景没有持续多久。新的一天已经开始了，村子正在醒来，传来各种各样的声音，零零星星的说话声，水壶重重地放在热石灶上的声音，那是他们在烧水泡茶或者煮饭。

我想问佐知子很多问题，远处的说话声给了我勇气。“你从来没有想过跟别的什么人一起生活在村子里吗？”我开口问。

佐知子深呼了一口气，不慌不忙地回答。“我不记得曾经有过这样的选择。是麻津帮我在远离家乡的地方建起了这幢屋子。那时，他知道我无法跟人近距离相处。建材是他用手推车一木一石地推上山的，当时没有人愿意出现在我们的视野之中。从很多方面来讲，都是麻津一手打造了山口村。如果没有他，我们大多数人只可能自生自灭。”

“弘叔也这么说。“

“嗯，不错，他从一开始就住在山口村。”

“贤三叔叔又是怎么一回事呢？”我鼓足勇气问。

这一次佐知子把脸转开了很长时间。我耐心地等待着，直到她终于继续说话：“一切都恍若前世。有时候我想自己已经度过了两种截然不同的人生：一种是傻乎乎的小女孩的一生，另一种则是一个稍微聪明一点的女人的一生，可是她对于生命中真正重要的东西醒悟得太迟了。我唯一记得的是，当麻风病落在我头上的时候，麻津是我唯一能够面对的人。”

“可为什么是麻津？你几乎不了解他呀。”

“也许那正是原因所在。这么说吧，他是唯一一个帮我理解了友子之死的人，当时她的死看起来毫无意义。还有，当我感染了麻风病的时候，我惊慌失措，却没有任何其他人可以求助。”

“连贤三也不行吗？”

“贤三尤其不行。斯蒂芬，我怎么样才能解释清楚这件事情？他是我的心爱之人，一个我深深爱着的人，但我总是觉得我们之间缺了一点什么。当你年纪还小的时候，你可以为许多东西找到借口，希望它们会随着时间的流逝而变得牢固起来。贤三是个好人，但是他从来缺乏一种内在的力量来驾驭这样的悲剧。只要一切顺利，一切就会皆大欢喜。当麻风病传染到我的时候，我知道他永远不可能理解这种不明不白的东西为何会落到我们头上。”

“可是没有任何理由呀，这病应该是可以救治，可以控制的！”

佐知子摇摇头。“那时我们一筹莫展。我所知道的是这病最终把我变成了一个怪物，这也跟我内心深处的软弱息息相关。”

“于是你就去找麻津？”

佐知子茫然地看着我，喃喃自语地说：“是麻津发现我深陷耻辱中不能自拔。”

我没说话，希望佐知子会一五一十地讲给我听。但是她并没有继续，于是我问：“我不明白。麻津是怎么找到你的？”

“那是一个很长的故事，斯蒂芬。”佐知子回答道。她俯下身子，温柔地摆弄起面前的花朵来。

"求你了,如果你愿意告诉我,我会非常荣幸。"

"有时候,过去的事情最好让它过去吧。"佐知子支支吾吾地说。

"有时候,你并不能放下过去,如果你不能重新面对它的话。"我顺着她的话说。

"你就跟这些花儿一样执着,斯蒂芬,"她笑着说,"我看如果不能随身带走我的过去,你就不愿意离开这幢屋子了。"

"除非你允许我有幸带走它。"

佐知子仔细地端详了我一会儿,摸了摸左脸颊的一排白色疤痕。她深深地吸了一口气,又慢慢地呼出来。"你一定饿了,斯蒂芬,我们进屋吧。饭差不多应该好了。"

佐知子没有再说一句话。她站起身,抖抖和服上的泥土,径自沿路往回走。我慢慢站起身来,跟着她,把这理解为她已经说得够多了。但佐知子走到小路的尽头,又转身对我说:"我可不想让你饿着肚子听我的故事啊。"

我在那张熟悉的黑漆桌旁坐下,她闪身进了厨房。回来的时候她用茶盘托着茶、腌菜,以及两碗热气腾腾的米饭,然后她跪在桌前,一一摆在我面前。饭菜热乎乎的,很可口。我几乎想不起今天早晨起来的时候嗓子是多么焦渴了。我离开弘叔的屋子时没有喝水,也没吃点东西,所以佐知子的饭菜简直是雪中送炭。我吃完一碗,她一言不发地把自己那碗朝我推过来,示意我再添一点。我一边表示感谢,一边看着佐知子小口小口地抿茶。从她茫然看向我的样子,我明白她已经深陷进回忆中去了。于是我没作声,等待着。

一个轻柔而清晰的声音响起,佐知子开始讲述她的故事。

✣ ✣ ✣

“如果我能够像别人那么勇敢,我现在应该在另外一个世界了。许多年前的那个早晨至今恍然就在眼前,咸咸的海水被鲜血染成了红色。我还经常回想起父亲的声音,他告诉我武士们是如何通过剖腹自杀保持自己的荣誉。最难做到的是推动第一刀。等它刺穿你的身体,所有尘世的痛苦将会烟消云散。

“我有时依然还梦想着自己有机会重新再来一次,而这一次我游进了那片红色的海域。那样的话至少再也不会有什么回忆了。我知道老想忘却是很孩子气的愿望,但是回忆并没有如我所期望的那样随着时间的流逝而淡出。十七岁的时候我让家里人两次蒙羞:第一次,是麻风病选中我的时候,然后是我太软弱不能以死恢复他们的名誉。

“我父亲曾经希望我自杀,这样他就能保住全家人的清誉。然而到最后,我都没能做到。服从他的愿望就只是自我了断。这是一种责任,是一个孩子忠于他父母的最大义务,但是我让父亲失望了。

“直到现在,当我的生命所剩无多时,我才开始懂得那样艰巨的任务对我而言意味着什么,才原谅自己没能完成它。就像个孩子一样——斯蒂芬,我已经到了宠辱不惊的年纪,所以才终于可以毫无保留地把我的故事讲给你听——如今感觉那依然像一场充满了梦幻的追寻。

“我还记得第一次碰见麻津的情形。那时我差不多十二三岁，跑去看望友子。在那之前我只与他哥哥擦身而过几次或者远远地看到过一眼。麻津比我大三岁，但是已经比村里大多数男人都更强壮了。他像他父亲，他们俩在花园里一起干活的时候显得一样粗壮，而且一样沉默。友子则继承了她母亲纤弱的美，看起来跟我那天早晨遇见的两个男人几乎没什么关系。他们急急地鞠躬，有点笨拙地向我打招呼，他父亲去找友子时，麻津则转头继续工作，将一株新栽种的植物四周的泥土轻轻地抚平。我穿一双木屐站在那里，来来回回地踢着铺在通往他们家那条小路上的或光滑或凹凸不平的石子，心里想着我是不是应该礼貌性地交谈几句。

“‘打扰了，麻津，’我怯怯地问，‘你正在栽什么植物？’

“麻津过了一会儿才抬头，好像不敢相信我在跟他说话。‘菊花。’他最后才嘟哝了一句。

“我正要继续我们的谈话，这时听到友子在叫我。等我转身面向麻津时，他已经在挖另一个坑了，就好像我压根儿就没存在过。

“后来，我和友子经常看见麻津从镇上步行去你祖父的海滨之屋去。我们在路上经过他身边时他会鞠个躬，低声含糊地说点什么，有好几次友子用搞笑的语气取笑她哥哥的沉闷。‘麻津，你太像一个老年人了，来跟我们一起去沙滩吧！’她一边说着，一边哈哈大笑。他则只是耸耸肩，从我们身边飞快地走开。有时候，当我转过身，我会看见麻津停住脚步，目不转睛地看着我们继续欢笑着，沿着马路一直走远。

“‘麻津到底怎么了？’在一个平常的下午我问友子。

“‘他挺好的呀，’友子回答道，语气变得严肃起来，‘麻津像我

爸爸。他们与木棉树和菊花打交道比跟人打交道要容易得多。'

"那时我并没有想到再问点别的。毕竟,麻津是友子唯一的哥哥。我没把他的孤僻放在心上,总觉得那永远跟我没关系。

"我和友子友情日笃。我们亲密无间,像竹子拔节一样茁壮成长,虽然我们有时会朝这个或那个方向弯去,但要折断我们可就要大费周章了。即使这么多年过去了,每当回想起一件我不断惹恼友子的事情我就忍俊不禁——那就是我比她要稍微高一点点。跟外表有关的事情,她都非常在意,所以她总是把肩膀往后挺得笔直,头昂得高高的,这样一来她就显得高一些。反过来,我则把脑袋耷拉一点,迁就她。

"友子身上有一种火花,她触手所及,似乎能点亮一切。你不能不被她的美丽和热情所吸引。她凡事求快,从家庭作业到家务活儿,概不例外。现在说起这些,我就觉得也许太快了。这样身体只可能过早地消耗殆尽。但是我明明知道她一完成作业,就会跑到我家来找我,怎么能让她等呢。不管我有多少活儿要干,友子总是能劝我跟她相伴相随。我们总是穿着友子妈妈经不住女儿的请求为我们缝制的美式风格的棉布连衣裙,一路走向海滩。友子永远要做第一个吃螃蟹的人,这样就能在别的女孩中标新立异,而我永远是她心甘情愿的同谋者。"

"在我十四岁生日之后,贤三开始对我们青睐有加。有时他和他的朋友会去海滩,或者在他父亲的茶社聚会——他放学后在那里帮忙。一开始我以为他感兴趣的是友子,但慢慢地他跟我越来越有话说。友子打趣我说:'佐知子,你看,你在的时候贤三甚至都不看

我一眼。我好像变成隐形人了。'

"但是友子怎么可能隐形呢。她千娇百媚,万众瞩目。虽然她被垂水的许多小伙子众星捧月,但是她对他们从来没有任何真正的兴趣。友子经常提到她中学毕业后就要去东京,在那里的一家大公司找一份工作,或者应聘于一家时尚用品琳琅满目的百货商场。村里的小伙子没有哪一个能够破坏她的计划。虽然还只是个小姑娘,但友子对于靠自身的美貌能走多远,总显得胸有成竹的样子。如今我有时还想,如果她当时对别的事情也一视同仁,那她现在会跟我们在一起吗?但那也不能阻止疾病找上她,只可能让她带病活下来。不过那似乎是另外一个故事了,斯蒂芬。

"一开始我并不是很清楚贤三和麻津朋友的关系到底怎么回事。有一天我看到他们俩一起在茶社时,我多少有点迷惑。那是我第一次看到麻津作为一个真实的人有说有笑自由自在。但是我一出现在他们面前,麻津就站了起来,礼貌地鞠躬,还原为友子沉默寡言的哥哥。

"'你是怎么认识麻津的?'我问贤三。他只是笑笑,回答道:'垂水并不是一个大城市,麻津一直都是我的朋友。'

"'但是我觉得他不喜欢跟人打交道呀?'我天真地说。

"贤三不由自主地笑了起来。'他只是不喜欢一些人罢了。'他回答道。

"后来,当我去找友子的时候,好几次都试图跟麻津说话,但是他生硬的回答让我相信,也许我就是他选择不喜欢的那些人中的一个。

"我的青春太盲目,只知道有一种人生叫幸运,从来心无旁骛。

我和贤三越走越近，在我十五岁的时候，我们的父母为我们订了婚。我开始为成为他的妻子做准备，我跟母亲学习烹饪他喜欢吃的食物，像腌雪菜和炸猪排，还有学习如何把屋子收拾干净。在那几个月的准备中，其他人、其他事我仿佛都看不到了。你看，斯蒂芬，我不得不惭愧地说，一直到友子发生悲剧，然后又轮到自己，我才开始真正认识麻津。”

“接下来，大概是在友子死后一年，一种白色疱疹在我的左前臂上冒了出来。那东西只有一枚硬币那么大。一开始，我根本没把它当回事，直到我开始感觉发烧，头晕，而且这疱疹无论如何都消不掉。于是我不得不承认，这可能是一种病。我不禁恐慌起来，因为我想起来了，最先在友子面部出现的正是这种疱疹。我把它藏在和服的袖子下面，不让家里人看见，没过多久，疹子逐渐消褪，但几个月以后又冒了出来。到那时，两家人已经为我和贤三选好结婚的吉日。我那么天真，那时候还在感谢上苍，将我有幸许配给一个我深爱的年轻人。但每次我鼓足勇气去察看疱疹，都感觉像一场噩梦。我求助无门，就想到了麻津。友子自杀的时候，他一直都那么亲切和善解人意。他是唯一一个可以坦然无惧地跟我谈论她的死亡的人，他还告诉我，友子希望我过自己想要的生活。我感觉可以信任他，他能够帮助我面对一切，不管是什么。

“一天下午，我知道麻津会到你家干活，就顺便去找他谈谈。我记得自己惊慌失措。其实我并不知道该说些什么。我只是莫名其妙地指望他知道怎么把疱疹除掉。

“‘你好，麻津。’我说。他正在把苔藓种成环岛形状，看见我非常惊讶，匆匆忙忙站起来的时候甚至差点绊倒。现在想起来我也感觉很糟，因为其实我已经有好几个月没跟他说过话了，尽管在友子的事情上他对我关爱有加。然而，那天在你祖父的花园里，麻津深深地鞠了一躬，说：'再次见到你我深感荣幸，佐知子小姐。'

"我不知道该说些什么，所以便只把左臂往前一伸。一开始麻津往后直退，好像如果他走近了我会打他似的。'这是什么东西？'我指着那片苍白的疱疹问道。他连忙朝我凑近，将我的手放在他手上，用手指轻轻地在疱疹上摩挲。麻津从来没有害怕过这种怪病，也没有害怕过垂水的任何人，即使后来对垂水人而言我们都变成了怪物。

"'这东西是不是长得跟友子的一模一样？'我问。

"麻津沉默了好半天，才说：'我也不能确定，你看过医生了吗？'

"那时有一个年轻医生正在村子里度假。我告诉他还没有给任何人看过。我还不想让家人或者贤三发现。麻津向我鞠躬，叫我等着他，他会负责料理一切事情。接下来，他就不见了。在他回来之前，时间仿佛永远停止了。但是等他回来的时候，他却带回了我迄今为止所见过的最红的梅子。'把它们吃了，'他告诉我说，'它们能带给你能量。我已经请了那位年轻医生来这里跟我们碰头。'我们等医生的时候，他给我倒了些凉水，我又吃又喝的。在那种情形下，无论麻津叫我干什么，我都会乖乖听话。但是在那期间，我想我说的话没超过两个字。后来，医生来了，他察看了我的胳膊，证实了我最担心的事情，整个过程我几乎什么都没说。'很抱歉，'年轻的医生一边摇头一边说，'每天都会有新的疗法出现，兴许能对控制病情有帮助。’他滔滔不绝，但是我脑子里发出一声可怕的尖叫，淹没了他所说的一切。

“等我镇静下来的时候，我听到麻津和医生在低声交谈，谢谢他抽时间来。接下来我只知道医生拎着一篮梅子走了，麻津一言不发地把我带回到屋里。

“我尽可能长时间地掩藏着麻风斑。麻津试图说服我告诉家人，但是我实在太难为情了。我知道，这个消息对我父亲而言将会是一个不堪承受的耻辱，我甚至不能想象如何告诉贤三。接下来，疱疹第一次出现在我胳膊上的几个月之后，它们开始蔓延到我的颈部，接着又波及到脸部。我知道自己再也不能隐瞒真相了。谁都会注意到的，这只是迟早的问题。

“那天晚上我对贤三如实相告，他却认为这是个大玩笑。‘但是你看起来依然美丽动人，’他大笑道，‘是谁唆使你这么干的？’于是我只好把麻风斑展示给他看。我永远也忘不了当他意识到那并不是玩笑的时候眼睛里流露出来的神色——那是一种混合着恐惧与背叛的表情。他当即丢开了我的手，然后背朝着我一言不发地走了出去。我从此再也没见过贤三，直到那天在你祖父家里。即使这么多年过去了，我依然能从他眼睛里看到同样的受到背叛的神情。

“我不想让你对逝者感到不快，斯蒂芬。贤三并不知道除此之外该如何是好。我现在知道这一切对他而言都太沉重了。他相信生活应当是简单的和始终如一的，充满了秩序和尊严。最后，他确实是以他自己的方式跟我在一起，那是他知道的唯一的方式。

“一开始，我父亲也不愿意接受事实。他拉着我去多摩神社祈祷，让养护僧为我净身。当一切努力都被证明无济于事时，他又求助于艾灸疗法，就是直接在我皮肤上点燃一小撮艾绒，烧除疱疹。除了难以忍受的痛苦，还有我永生难忘的皮肉烧焦的味道，而变黑了的麻风斑很快又重新出现并蔓延到别的区域。我父亲再也不愿多看我一眼，而我母亲只能哀哀哭泣。到那时，另有四位村民也发现了同样的症状——在对我们这群最脆弱的人露出真面目之前，这病一定已经潜伏了多年。我父亲生怕我会传染给我弟弟。村民们也闻疹色变。他们想把这些受感染的人统统送走。有谣言说在山里有地方也居住着我们这样的人，但是没人相信这些山民真的存在。我们无处可去，也不知道将被何从发落。结束生命似乎更容易一些。

“我感到无力回天。我哭泣，直至无泪可垂。于是我花了一天一夜的时间来祈祷上苍赐予我力量。然后，第二天早晨，我们这些受到麻风病诅咒的人希求结束痛苦，将荣誉还给家人。当整个村子都还在沉睡的时候，我们五个人默默地向海边走去。”

“如今我依然能想起那天早晨我站在齐膝深的海水里，冰冷的波涛推搡着我双腿的感觉。头顶上一群海鸟在盘旋，好像是来助阵似的，嘎嘎地叫嚷着。海水在我周围拍打，我看见一个男子——他是我一个校友的父亲——直直地朝着大海走了进去。他一直没有回头，连一点犹豫都没有。前一秒他还在，接下来的一瞬间他就被大海吞没了。那简直是一场噩梦。

“一个上了年纪的女人从和服袖子里抽出一把刀来，她抬起手，割了手腕一刀。我还记得鲜血怎么从她的手臂淌下来，染红了四周的海水。她转向我，带着一种奇异的平静的微笑，深深地鞠了一躬，然后把刀子递给我。那刀子在我手里，感觉那么轻，那么冰冷，我觉得很奇怪它怎么可能结束一条生命。我低头看着锋利的刀刃，看见自己的手沾上了那女人的鲜血。我想大声尖叫，但是我突然似乎完全失声。就在那一瞬间，刀子从我手里滑落到海水里。

"'别害怕，孩子，'那老妇人喃喃低语道，'找到刀子，就可以结束你的痛苦了，把荣誉还给你的家人吧。'

"但是就在那一刻，我明白自己根本不具备友子的勇气，也没法跟在我面前求死的女人相比。她朝我伸出双臂，我把她往后一推，她双膝跪倒在海水里，却还仍然哭喊着要我结束生命，这时一个浪头将她吞没了。

"我转身撒腿就跑。我跑啊跑啊，想逃离海滩上所有这些已经死去和正在死去的人们。而今我已经想不起当时是怎么想的了。我的死是我能给予家人最高的荣耀，但是我却临阵脱逃了。我没能履行自己的责任，没有为父母奉献出致命的一刀，所以我感到很害怕。然而在我内心深处，一直有一个声音在不停地告诉我逃逃逃。我逃离了垂水，就像它才是那个身患绝症的人。夜幕降临，我躲进了一条小路旁的树林里，如今这段路正好通往山口村。

"我第一次晚上独自在外过夜，天很冷，而我又饥肠辘辘。我开始觉得也许到头来不如死了更好。我以前从来没有被遗弃在黑暗角落里的感受。可我知道不会有人来找我的。对我的家人和整个村子而言，那天早上我和其他几个人都已经淹死了。一切都按计划进行，不需要任何人知道。我们每个人都给自己家里留下了遗言，那就是希望在另一个世界里更好地荣耀他们。我已经跟家人道过最后的晚安，知道那天早晨从家里走出去的那一刻起，我将不再是他们的负担。我唯一能够荣耀他们的方式就是让他们以为我已经死了。

“但是第二天早晨，就在树林里，我被一阵脚步声惊醒了。因为我实在太冷了，便用一堆树叶把自己从头到脚盖了起来。如果我动一下的话，就一定会暴露自己所在的位置，于是我就悄无声息地躺着，希望无论是谁，也不管是什么东西，最好快点走过去。我记得自己瞪大眼睛从树叶缝隙望着湛蓝的天空，它清澈明亮，恍然失真。脚步声变得越来越近，我闭上眼睛暗暗向神祷告。等我再次睁开眼的时候，我听到了呼吸声，与此同时感觉到了另外一个身体的温暖——他近在咫尺。接着，我听到了他呼唤的声音，低低的，缓缓的：‘佐知子，佐知子，我是麻津，我帮你来了。’

“我想，我已经死了，到了另一个世界。不然，他是怎么可能找到我的？

“‘麻津？’我低声喊道，像一只受伤的动物从那堆枯叶中一跃而起。我忘乎所以，甚至顾不上让他看到我在如此处境下的难为情。

“麻津看了我一眼，笑了起来。‘这是你吗？’他问道，‘或者是狐仙，稻荷神？’这是麻津第一次跟我开玩笑。他永远都是那么内向腼腆。

“但那时候我一点也笑不出来。我又累又饿。如果我是稻荷神，我早就变出食物和水来了。不过我三生有幸，让麻津找到我了。他温和地笑着，弯下腰，帮我把树叶掸干净。

“‘我找了你整整一个晚上。’他说。

“‘还有其他人在找吗？’我问道，我的嗓子干裂，火辣辣地疼，几乎说不出话来。

“‘他们以为你已经去了一个更好的世界。’他回答道。

“‘你是怎么找到我的？’

“麻津笑而不答。他打开背上的风吕敷，取出一罐绿茶。虽然茶水喝起来已经又冷又苦，但我这一生还未对别的任何东西更心存感恩。他还带来了一些饭团和一袋干海带，我一阵狼吞虎咽。

“我吃完后，便朝麻津弯腰敬礼，再次问道：‘你怎么知道我在这里的？’

“‘是友子。’他低声说道。

“‘友子怎么了？’我咽下最后一口苦茶，问道。

“麻津把我吃剩的一丁点食物收拾装回风吕敷。‘昨天早晨我跟着你和其他人去了海滩。我想知道你是否能像她一样找到通往平静的路。’

“‘我做不到。’我哭了起来，羞愧万分地转过身去。这时麻津靠了过来，俯在我耳边——他浑身充满了汗味和尘土味——只听他低语道：‘活下去需要更大的勇气。’”

“我是一个幸运儿。我现在知道了，能够遇到帮助你渡过人生难关的人是非常难得的。母亲曾经告诉我，这些人在为前世犯下的错误赎罪。我相信也许我曾对不起某些人，所以现在在为自己承担罪愆。但是麻津又是怎么回事？难道他在前世让人痛苦过？在垂水，他总是尽可能地低调行事，从来没制造过什么麻烦。但是看看他对我而言意味着什么：我的命运承担者，我做梦都没想到的最后一个救世主。

“后来，在那片静寂的树林里，麻津告诉我有那么一群人，他们没有选择自杀，而是在山上建立了一个小山村，那个村子叫‘山口村’，在那里他们可以尽可能以最好的方式度过余生。

“‘你怎么知道这么多？’我问他。

“‘那是我曾经希望带友子去的地方。’他回答道。”

我重重地往后一靠，障子墙簌簌作响，像是发生了一场地震。我无法把眼睛从佐知子身上移开，只能深深地吸一口清新的空气，再吐出来。我百感交集，说不出话来。佐知子似乎与我感同身受，她伸出瘦削的手覆盖在我手上，安慰着我。

“当天早晨我们便出发上山。有麻津在身边，我深觉安慰，他就像一张保暖的毯子。虽然他已经看过我所有的羞耻，我内心燃烧的耻辱，但他并没有厌弃我。有那么一刻，我甚至忘记了前一天所遭受的折磨。那就像一场只是为了拯救面子的噩梦：我的家人认为我已经死了。我卸下了作为一个活人加诸我身上的重担，一下子如释重负。不过，仍然还有一个人知道我还活着，他让我感觉自己还是个真实的人，而不是在大地上游荡的孤魂野鬼。

“但是噩梦很快又回来了。当我们到达那片空地的时候，我才亲眼看到，山口村不过只是我惊恐的开始。那时候，村子里只有几间破破烂烂的棚屋供麻风病人居住，他们的症状都比我要严重得多。麻津告诉我他们中的许多人都来自日本各地。我努力想做到礼貌一些，但是我不得不用手捂住鼻子和嘴巴挡住肉体腐烂的恶心气味，那是从几个村民的断肢残臂散发出来的。他们看起来跟麻津已经是老相识了。他们大多蓬头垢面，肮脏不堪，身上的绷带半垂半挂，污迹斑斑，我们离空地中央愈近，恶臭就愈浓。我看见原生的伤口裸露着，鼻子和嘴巴被吞噬，手指和脚趾已然脱落，不禁一阵反胃。他们全都是怪物。我当时在想，如果住在山口村就是我的命运，那么死也许会更仁慈一些。我看着麻津，他在我眼里突然变成了敌人，因为是他把我带到了这样一个地方。我一言不发，转身就跑。我并不知道自己要去何方，只是沿着山路往回跑。毒日当头，明亮的阳光刺得我眼睛生疼。

"'佐知子！佐知子，你要去哪里？'我听见麻津在身后追着喊。我听到他沉重的脚步追赶过来，越发恐慌。我努力想跑快点，脑子里的疼痛一阵强过一阵，结果我被什么东西绊了一下，一头栽倒在地。接下来发生了什么事情我一点也不记得了，但是当我醒过来的时候，天已经黑了。等我的眼睛适应了周围的黑暗以后，我发现自己躺在一个临时搭建的窝棚里，门边是一个妇人的轮廓，她睡着了。我想再次逃跑，但是坐起来就头晕眼花。我只穿着内衣，怎么也找不到我的和服。我又累又怕，而且也无处可去。于是我又重新闭上了眼睛，再睁开眼便已是第二天早晨了，我听见那个妇人在这狭小的空房间里悄悄地走动着。

"一开始，我假装睡着了，睁开眼睛时正好隐隐约约地看见一个黑衣人把水从木桶倒进盆里。我还没来得及有所作为，那瘦小的老妇人就转过身来，站在榻榻米旁边，俯视着我。我不知道她是否知道我醒了，但是她跪在我身边，用一张湿毛巾轻轻地把我的脸擦洗了一遍，然后将它敷在我额头上。我感觉无比舒服。这时，我睁开眼睛，第一次看到山口村的欧巴桑美智子。

"直到现在，当我想到她的仁慈时，又想起我对她的第一个回应，心里便充满了痛苦。等我完全睁开眼，一眼就看见一张没有鼻子的脸，那是一张被麻风病吞噬后扭曲的脸，我发出一声凄厉的惨叫，把全村人都引到窝棚里来了。接下来我知道的事情是，麻津站在美智子身边，安慰着她。她点点头，鞠躬，然后走了出去。一直等美智子离开了房间，剩下麻津跟我在一起时，我才镇静下来。

"'你为什么要带我到这里来？为什么你不干脆让我死在树林里？'我朝他大喊大叫。

"麻津一声不吭地站在那里。他注视我良久，然后只是说，'那你就走吧。'

"这下轮到我沉默了。我并不知道该如何是好，或者该去向何方。我匆忙穿上搁在我身边的泥渍斑斑的和服，然后从榻榻米上站起来，也不顾麻津在或者不在。他也压根儿不上前来阻拦我，但我听到他沉重地踱着步子，然后转身离开了窝棚。过了一会儿，回来的是美智子，这一次她用黑纱遮住了脸。她深深地鞠躬，说：'请原谅我吓着你了。'

"我站在那里，羞愧万分，但是又无法让自己正视她。她声音里满含着慈悲，让我深感羞耻。接着我感到她用她畸形的手托起了我的下巴，这样我就不得不抬起头来，看着她被面纱遮起来的脸。透过这块黑布，我看见她的嘴唇轮廓形成了一个微笑。

"'很抱歉。'我喃喃道。

"'哪里有什么好抱歉的？'她说，'如果这张脸是我早晨看见的第一个东西，我也会被吓着的。我经常忘记它会对这里的新人产生什么影响了。尤其是像你这样漂亮的年轻女孩，佐知子小姐。'

"'我不能在这里待下去。'我说。

“美智子没有马上回答我。她舀了些水倒进壶里，然后放在热石头上加热。‘对我们而言，可没得选择。’她最后说。

“‘我宁可死也不要待在这里！’我发狠道，拔腿便向门口走去，却又半途停下来等她说点什么。然而，她转身背对着我，沉默如大地。我看着她把手伸向临时的储物架，取下来一只装满绿茶的罐子，又往一只陶罐里撒了些茶叶。水烧开了以后，美智子把开水灌进了装好绿茶的陶罐，我们俩都在一片凝重的寂静中等待着。这简单的仪式让我感受到一种奇特的宁静，虽然以前我曾经目睹母亲做过几百次。然而似乎只有在这里一切才具有了意义，而我紧紧地抓住它，就好像自己快要被淹死了。我本应已经走在下山的半道上了，但是我怎么都挥不去那温暖的香甜的味道，那是我与童年的最后一丝联系。”

“从那天起我就在山口村留了下来。麻津从此开始生活在两个世界之间，他回到垂水工作，睡觉，为山口村购买生活必需品和建筑材料。直到今天，我也不知道他为了照顾我消失的那几个月，是怎么跟家里交待过去的。所幸的是，麻津从来都是独来独往，当他还是个小男孩的时候就如此。

“但别忘了，斯蒂芬，我那时年仅十七岁，从来没有离开过家。我的话说得容易，实现起来却殊为不易。我歇斯底里了好几个月，跟谁都不说话，也不信任任何人，除了麻津，当然，渐渐地，还有美智子。我不知道自己是否更害怕这样一个事实，那就是我生活在一群怪物中间，或者这样一个念头，即我很快也会变成他们中的一员。你看，那时候我非常自私，以为世界都是以我为中心。我和友子年轻的时候被宠得像公主，从来不知道设身处地为他人着想到底意味着什么。意识到友子的哥哥正在为我创造新生活，这虽然让我震惊，但是我却完完全全毫无保留地依赖上了他。

“而今这么多年过去了，我依然不清楚麻津和美智子当时是如何能够忍受我的。当我最初认识到自己的生活变成了什么样子时，我忍不住对他们以怒报德。我连续数小时哭闹，甚至拒绝起床，拒绝洗澡，然而，这一切他们都忍了。他们一定觉得我才是怪物，而不是那些正不屈不挠地努力建设山口村的人。但是他们俩从来没有对我粗过嗓门，一次也没有。

“在美智子的窝棚里，我躺在硬地薄薄的榻榻米上，夜复一夜，无法入睡。听到美智子吃力的呼吸声，我感觉自己也要窒息了，禁不住热泪盈眶。我形单影只寂寞孤独，为过去的生活悲泣不已，因为除此之外，我别无所能。多少次我想知道，贤三正在做什么？或者，我母亲已经将我的婚纱跟其他童年的宝贝藏进了她的黑漆柜？这么简单的问题却无法得到答案，有时候我都觉得自己快要疯掉了。当然，晚上是最难熬的，黑暗偷走了任何希望的痕迹。有时候，我会用拳头捶打额头，直到脸上一片瘀青，我还用指甲把掌心掐得血肉模糊。

“就这样我才开始缓了过来。有很多时候，我会被一种幻痛所折磨，那感觉就像一把刀刺穿了我。我确信，如果我低下头，就会发现血流满地，就像那把我曾经拿过的刀，不过这些都只出现在我脑子里。连续好几个月我都学着自己承受这些念头。于是，当麻津认为我已经好得差不多了，不再伤害自己了，便慢慢把我交给了美智子，让我们俩相处的时间越来越长。然后，有一天早晨麻津没有来。

我们对此没有多想，因为他经常会错开一天，但是又过了几天，当他依然没回来时，我开始忐忑不安，在与美智子共住的小窝棚里走来走去。如果他出了什么事情怎么办？他是我与从前生活的唯一联系。在垂水，只有这么一个人知道我的存在——一想到要失去他，我就感觉难以忍受。美智子试图安慰我，说：'麻津很快就会来这里的，没必要担心。'但我内心的恐惧感只变得越来越强烈。自从到了山口村，我第一次独自走出了小窝棚，开始在村子里游荡，四下里焦急地寻找麻津。可到处都看不到他的影子，三个老麻风病人蹒跚地跟着我，试图跟我说话。'你要去哪里，佐知子？让我们帮你吧。'他们说。我知道他们不会伤害我，但是我那时毕竟还年轻，对他们的畸形和异味依然感到害怕。当他们中的一个人伸出手来要抓住我的手臂时，我开始尖叫起来。一直等美智子跑来我才安静下来。我还记得，她匆匆忙忙赶过来连面纱都忘了戴。但是当我一看到她的黑眼睛，一听到她喃喃地说着抚慰的话，就终于觉得安全了，便让自己在她的怀里松弛下来。"

"让人倍感亲切的美智子阿姨。即使现在，过了这么多年，我依然能看见她，有时候我还梦见她轻言细语地说着话，穿门而进。我迎着她那张怪脸走过去，曾经它让我感觉多么害怕。我怎么也忘不了她鼻部那个凹凸不平的洞，还有原来好好的眉毛，最后成了结痂的疮疤。麻风病几乎毁掉了她的整张脸。当我来到山口村的时候，她已经到了晚期。为了掩盖身体腐烂的味道，她用揉碎的桉树叶擦洗全身。剩下来的头发，她则用一种海藻混合物来洗，护理得丝亮光滑。我们在一起的那几年，她给我讲了许多秘密。我认识她的时候，她已经很老而且开始萎缩了，所以我就尽量不去想象生病前那个女人的样子。

“我在适应新生活，美智子给了我许多建议，但是比这更管用的是她给我讲的故事。我渴望听到每一个词，就好像某种程度上我跟它们在一起成长。就这样，在最初的日子里，是美智子养护着我的身体，又用她的一箩筐故事激励我的心智。

“在麻津不在的第三个晚上，想到他将永远不会再回来了，我就惶恐不已，我在床上紧紧蜷成一团。我什么也吃不下，只是喝了一小口美智子递过来的味道又苦又香的绿茶。我闭上眼，又开始哭泣，这时我感到她来到了榻榻米旁边，接着她温柔的声音响了起来：‘在我小的时候，佐知子，当我感觉不舒服的时候，我母亲会给我讲故事。有一个故事我最喜欢，我想讲给你听。’

“烛光闪烁着，我一言不发，只是躺在那里点了点头，等待着。

“‘从前有个女孩，她的名字叫纯子，’美智子开始讲述，‘她出生在靠近岛原半岛上的鸟羽市的三重县。当她还是个小姑娘的时候，就梦想着要成为一个海女[①]，也就是采珠人——像她妈妈一样。纯子觉得她们从头到脚都穿着白色的棉布衣衫，是世界上最美丽的女人。她从小就看着母亲一次又一次地纵身跃入大海，采回外表粗糙的海形牡蛎和鲍鱼贝，直到她的木桶装满为止。纯子的父亲在岸上观看，数百年来村里的男人们都这么做。只有女人才能潜入海水采集闪闪发亮的珍珠。人们普遍相信女人更耐寒。有一些海女在水下待的时间那么长，纯子甚至都害怕她们的肺会爆裂，然后她们

① 在日本，“海女”是一个古老的职业，她们专门潜入海底拣取珍珠贝及章鱼、海胆、鲍鱼等海产品。

的尸体会像海藻那样浮上水面来。但她的父亲总是向纯子保证，她母亲憋气比任何人都要长。对于纯子来说，海女们如同白色的海豚优美地跃入水中。每天晚上，纯子都会从桶里捡起粗糙的贝壳，撬开它们紧闭的嘴巴，找到藏在它们舌头下的半透明的珍珠。’”

“那天晚上，虽然我还在为麻津的不露面忧心忡忡，但美智子转移了我的注意力。我躺在那里凝神倾听，想象女采珠人在镜子般的海面上闪烁着白光。美智子的声音响彻小小的屋子，像是具有某种魔力。”

✣ ✣ ✣

“‘纯子十四岁的时候嫁给了一个叫吉田的山村男孩，一个她知根知底的人。他们的家人很高兴，他们俩也很幸福，尤其当纯子成了海女的时候。那天海水寒冷入骨，但是当她潜入深海，拣起第一只贝壳时，她感觉海洋好像就是自己的一部分。她潜啊潜啊，不是装满了一桶，而是三桶，直到吉田威胁要跳进海里将她拉出来，她才罢休。纯子觉得自己从来没有这么幸福过——直到有一天她发现自己快要有第一个孩子了。当她告诉吉田的时候，他们俩开心得哈哈大笑。

“‘但生活就是这样，计划总没有变化快。随着纯子怀了孩子的肚子越来越大，吉田开始担心起来，便叫她停止潜水。“‘等我们的孩子长大了，长壮了，你再潜水不迟。’”他说。纯子也知道这个要求很合理，便很不情愿地同意了。

“‘但是，成为海女已经融在她的血液里了。一个礼拜不潜水后，纯子生病了。她变得虚弱不堪，以至于无法起床。村里的医生被找来了，但是他查不出一丁点毛病。纯子看起来十分健康，孩子也发育正常。然而，纯子一天不能潜水，她就变得一天比一天虚弱。吉田的心情很沉重。如果他不赶快做点什么，那么他可能会既失去纯子，又失去孩子。

“‘一天晚上，纯子昏了过去，全身冰凉。吉田几乎摸不到她的心跳。纯粹是出于绝望，他将奄奄一息的妻子抱到了海里。当吉田勇敢地面对冰冷的海水时，他想这恐怕是他们最后的机会了。他把纯子放进冷水里，用手臂抬着她。一股巨大的暖流奇迹般地灌注她全身，连他们周围的海水也变得温暖起来。纯子缓缓地睁开了眼睛，接着她重新恢复了活力。吉田满心欢喜地呼唤她的名字，但纯子只是茫然地看着他，然后转身跃入了大海。吉田试图拦住纯子，但是她眨眼就消失了。他守候了很长时间，希望她很快会回来，但是海水平静，幽暗，丝毫没有她的影子。

“‘三个月过去了，吉田一直在为失去亲人哀痛不已。一天晚上，当他正准备上床睡觉的时候，他听到了一种奇特的歌声。他冲出门外，一眼就看到纯子站在屋子旁，不禁喜出望外。她全身穿着海女的白色衣服，而且已经恢复了苗条的身段。“你去哪里了？”吉田问，但是他还没来得及抱她入怀，她就递过来一个用白毯子扎起来的包裹：那是他们的孩子！吉田抱着自己的小女儿，喜不自胜，但是纯子却转身向海边走去。他哭喊着恳求她留下来。到了海水边，她对他说：“我现在必须回海里去了。我知道我的生命已经结束了。一定要让我们的孩子好好地活着。”说完这句话，纯子就永远地消失了。

“‘虽然他从来不知道她到底去了哪里，但是吉田知道有一种神秘的力量在保佑着妻子，让她把女儿送回到他身边。他精心把小纯子养大，长成一个姣好的年轻女子，她看起来非常像她的妈妈，每当他看着她的时候，心里时常隐隐作痛。当她表达愿望说要像自己的妈妈一样成为一位海女时，吉田从来没有说过一个不字，因为他知道，在黑暗大海的某个深处，纯子会一直保护着她。’”

“美智子为我讲完了这个故事，我感觉如大梦初醒。整个晚上我都躺在床上，想着纯子这个采珠人，她是怎么生女儿的？虽然她明明知道自己不能留下来看着她长大。她与大海做了什么样的交易和斗争，才使得它允许自己把女儿还给丈夫？这些思绪在我脑子转啊转啊，直到最后我终于沉沉入睡。

“第二天麻津终于回来了，他看起来脸色苍白，而且消瘦了许多。我才知道他是生病了，无法步行上山。我觉得自己真是愚蠢透顶。我从来就没有停下来去想想，来来回回地奔波于垂水和山口村之间，会消耗掉他多少能量和体力。他看起来总是一副坚不可摧的样子。

“‘你现在好些了吗？’我鞠躬道。

“麻津点了点头。‘好多了。’

“‘我很担心你，怕出什么事情，’我怯怯地说。

“麻津笑了。‘你跟美智子住在一起还好吧？’

“‘她帮我渡过了一大难关。’我只好招了。

“‘出了什么事吗？’他关切地问。

“‘现在已经不重要了。’我说着，一边起身拎了一壶水烧上。

“我感觉麻津在目不转睛地看着我。在他的注视下，我颇不自在，这时他温和地说：‘你变了。’接着他又马上问：‘你跟美智子都聊了些什么？她有没有告诉你她曾经是采珠人？’

“我呆了半晌，问麻津：‘那你知道她是不是有个女儿？’

“麻津先是没作声，他皱着眉头回忆。‘是的，’他终于想起来了，‘她确实是有个女儿。’

“你明白了吧，斯蒂芬，那天我才得知还有人比我损失更惨重。在来到山口村之前，这里的每个男人和女人都有过自己的生活。就是从那天起，看到他们每一个人时我都要问问自己：‘他们丢下了什么人？他们放弃了多少？他们试过用什么来交换？’如果说之前我还不知道什么叫谦卑，但从那天起我明白了这个词意味着什么。在山口村，我明白了美就在你最意想不到的地方。

“慢慢地，麻津和美智子教会了我如何跟其他人生活在一起，以及和我自己。逐渐地，自杀的念头离开了我的大脑。我就像个孩子重新蹒跚学步，麻津诱使着我一步一个脚印往前走：先把我带到山口村，然后为我建了一幢房子，最后，创建了这座花园来让我照料。

“在最早的那些年，村子慢慢壮大，呈现出一种只属于它自己的奇怪的生活方式。我们种植的菜园子，很快就变得郁郁葱葱，它们排列整齐，整洁笔直如苍鹭飞翔——与一般菜园零零星星、参差不齐如瘌痢头一般铺开截然不同。有了新绷带和桉树叶，那恶心的腐臭气味也变得可以忍受了。更多的收容所建起来了，用来收留那些无家可归的人，他们都是投奔山口村而来的。村民们的友好让我意识到把他们想成怪物的自己犯了多么大的错误。他们给我大米，不遗余力地帮助我，只是为了让我过得更舒服一些。反过来，我则学会了到菜园子种菜，到树林里拾柴，到小溪里担水。

“但是第四个年头给我带来了更多的悲伤。美智子越来越虚弱了。即使一点小事也会让她疲劳不堪，因此基本的做饭洗衣工作成了我应尽的责任。我们交换了位置，该轮到我来照看美智子了。那些日子依然历历在目。到那时候，她的身体就是一堆正在腐烂的肉。病菌已经侵入了她的神经系统，她只能在剧烈的疼痛中卧床度日。到最后她几乎完全看不见了，而且动弹不得。我只能祈祷上苍让她走得更快一些，早日从痛苦中解脱。但是美智子从来没有诅咒过生活让她经受的一切。

“美智子去世的那天早上，她熬过了痛苦而可怕的一夜，我是被惊醒的，她费劲地喘了口气，大叫了一声‘仁子’。等我来到她身边时，她已经去了。我抚摸着她被毁坏的几乎毫无特征的脸，为她终于找到平静而感到安慰。我永远也忘不了她生活中一贯保有的平静的尊严，她也把这带进了死亡。

“在清晨的宁静中，我最后一次为她清洁瘦骨嶙峋的身体。在把她的死讯传出去之前，我需要单独和美智子再待会儿。想到再也听不到她一个又一个的故事，我心里就痛苦不堪。我希望她的声音赶走屋子里的寂静。我衷心希望美智子在弥留时刻，是真的看到了女儿仁子。这样想着，我心里便好多了，同时我也知道，她又可以纵身跃入冰冷的大海，采出一把又一把的珍珠，她可以重新快乐起来了。”

“美智子阿姨去世以后，我在山口村的另一部分生活开始了。

麻津动手为我修建这幢屋子，这样我就可以有一个远离他人属于自己的地方了——不过离村子也很近，以防我万一需要帮助。麻津待在山口村时，每天早晨我还没起床，他就已经在忙着盖房子了。我尽力帮他打打下手——一些最简单不过的事情，比如把钉子敲进木头，或者将障子屏风放到位。每一天我都让自己筋疲力尽，这样就没有力气感到内疚了。我想，这也是麻津跟我的一种沟通方式吧。他总是在忙活的时候才会感觉更自在。他在描绘建房子的每一个步骤和细枝末节时从容不迫，我从来没有见过他这个样子。'佐知子，'他告诉我，'窗户应该开在这里，这样的话，太阳能一直照到西下。如果阳光太强了的话以后在那边栽一棵木棉树。'所以麻津想要规划一座花园是件顺理成章的事。

"'求你了，麻津，'房子完工后不久，我告诉他，'我什么花都不想要。'

"他从来都没有问过我。我需要自己的生活简简单单，不需要有任何美的东西来提醒我已经一无所有。虽然没有亲口告诉过他，不过麻津心领神会。'别担心，佐知子，'他说，'没有花。'

"房子落成以后，第二天一大早他就走了，只是说下午某个时候就回来。我努力慢慢适应在山口村的新家，不过我坚持自己一个人住。美智子走了，想到孤单一人我仍然心有余悸。但是我也不愿意跟其他任何人相处一室。家人想起来也似乎很遥远了，恍若隔世。

"现在你也看到麻津为我造了一座什么样的花园了。那天下午他回来的时候辛辛苦苦地运了两麻袋手掌大小的扁圆灰石头。接下来的几个礼拜他全部用来清理场地和规划如何物得其所了。那天，我们着手把石头一个挨一个仔仔细细地摆放开来，当最后形成一种碧波荡漾的图案时，我从来没看到麻津如此激动过。‘这将是一座以你的想象力来创造的花园。’他一边说着，一边敦促我以任何一种我想要的方式来重新排列一遍。

“斯蒂芬，我花了几个小时来重新排列那些石头，它们好像带有一种奇特的催眠的力量，足以带给我平静和安宁。日子一天天过去，麻津根据这里的需求，凭着一辆借来的骡车，运来了一袋又一袋的鹅卵石和一些形状各异的石头。我每天心急如焚地等待它们，就好像把每一块石头拼在一起是为了拼出我必须要完成的拼图。我好像进入了一种恍惚状态，如果花园建不成，我就出不来。在麻津的耐心帮助下，我尝试用最普通的素材进行创作，当花园终于大功告成的时候，我才意识到这是我平生第一次做成了点什么。我原以为会很沉闷无趣，或者寡淡冷漠，但结果却充满了宁静的美。记得我们俩站在这里望着这一片枯山水，我转向麻津，问道：‘你原本就知道它是如此的简朴和美丽吗？’

“‘我只知道，如果我们足够努力，它的美就会自然显现出来。’他回答道。

“‘但是我从来没想过会是这个样子。’

“麻津笑了。‘美无处不在。’

“我转身面对他，这是我第一次真正地看着他粗壮魁梧的外表。他跟友子长得截然不同，我禁不住又一次想，他们不可能真的有血缘关系吧。过了一会儿我说：‘我以为自己再也不会对美抱有任何希望了。我曾经拥有过，但是看看它对我做了些什么！’

“麻津当时摇了摇头，望向花园。‘佐知子，你所知的美丽只是最平常的外在美。也许你现在想要的是更内在的东西。’

“我打心眼里知道他是正确的，也想跟他承诺点什么，但当时不知道说什么才好。在麻风病选中我之前，我一直过着无忧无虑自由自在的生活，而麻津却总是要辛苦劳作才能得偿所愿。他一直都知道美从何而来。后来，麻风斑覆盖了我的左脸，我努力去接受命运加诸我的罪愆，告诉自己真正的美来自内心深处。但恐怕有时我总是故态复萌，回到自己被宠坏的老路上去。但是斯蒂芬，你能想象自己的脸慢慢转成怪物是一种什么滋味吗？你有没有过这样的经历，清晨在种种噩梦中醒来，害怕一夜之间会变成什么东西？我不会向你撒谎，告诉你那是件轻松的事儿。好多次我都能切实感觉到皮肤在收缩，撕扯着我的骨头和肌肉，令我窒息。麻津竭尽所能地安慰我，让我忙房子的事情，或者捯饬花园，但是无论我从这些工作中发现了多大的乐趣，它们依然还是冷冰冰的，毫无生气。我渴望过去的生活。麻津一直都知道，我所需要的心灵的平静只能从内在去发现。

“与此同时，因为麻津没完没了地需要供给，贤三察觉到了有什么事情正在发生。他开始捎食物和口信给我。然而，一罐罐的腌菜或者鸡肉罐头并不能取代这样一个事实——贤三永远不可能面对我了。

“花园建成的时候我二十出头。我记得那是夏末时分，麻津不得不回垂水去为他父亲帮几天工。我强烈地思念着他，发现自己夜不能寐。我们已经变得如此亲近。我像一只困兽在屋子里踱来踱去。面对这吞噬我生命的怪病，我的气愤和愤怒与日俱增。我如何能忍受垂水的孤独？我一个无家可归的人，又何以了却残生？黑暗的自杀之念再度占据我思想。

“就在那时，奇怪的事情发生了。突然间狂风大作，吹得屋顶嘎吱作响。风在召唤着我，我不由自主地向花园跑去。我拉开屏风，步入它的怀抱，在一片寂静的灰色石头中，我平静下来。我记得自己赤脚站在花园里，脚下的石头挤挤挨挨，噼啪作响。一切都恍然若梦，自己劳作数月打造了这座花园，直到最后一刻才明白呈现在眼前的是什么。就在那一刻，它复活了。我听到了水潺潺流过的声音，看见了水面的层层柔波。而最重要的是——我现在享受这样一个事实——它的美，任何疾病或者任何人都不能从我身边随便夺走。我久久地伫立风中，直到感觉自己不再是自己，而是花园的一部分。”

这时，佐知子的声音戛然而止。她扭头转向花园，侧耳倾听。过了一会儿，我听见了轻轻的脚步声，才反应过来她已经听到了，原来有人进了大门正朝花园走来。

1938 年 4 月 22 日

我忘不了上个礼拜当麻津发现我在佐知子的花园时脸上的表情。那不是惊讶，而是一种心满意足，就好像是他安排我跟她一起促膝谈心，而他的直觉得到了验证。我记得被他打断一开始有点不高兴。我还想再多听一些佐知子的故事呢，但是我知道，从麻津踏进屋子的那一刻起，她那催眠般的声音便不得不停下来。

麻津是来告诉我，我们得回垂水去了。要重建那两间被烧毁的屋子，他还得采购许多必需的材料，而且也想随材料一起尽快赶回山口村。他跟佐知子交谈了几句，语速太快声音太小我没听明白，但是不管他说什么，她看起来都心悦诚服，朝他连连鞠躬。

我们离开佐知子的屋子时太匆忙了，我感觉自己有些过意不去，因为我没有来得及正儿八经地谢谢她，也没来得及告诉她，她如此信任我们之间的友谊，这让我感激不尽。我只是在她倚门目送我们离开时感谢她做的饭菜，只是简单地说了一句："沙哟娜拉"。

我们下山往回走，一路上交谈得很少。我猜麻津此刻一定正在脑子里为所有他需要采购并运回山口村的东西列着清单——钉子，板材，毡子——都是些必需品。我的思绪则飘回到了佐知子无忧无虑的童年，没有办法不去想那些她年纪轻轻就遭受的苦难。我无法想象那样的处境对她而言到底有多么可怕：在家人眼里已经死去，不得不与麻风病人一起生活，心里明白那也将很快成为自己的命运。这一定比照镜子的感觉更糟——从来来往往的人脸上看到自己的宿命。我突然想起有一次小派抱怨没有在绘画比赛中赢得名次时母亲对她说的话。"这样子才好，如果你年轻的时候运气太好，"母亲说，"等老的时候就不可能再有什么运气留给你了。"

就在这时，我听到麻津咳嗽了一声，清了清嗓子。抬头一看，他在前面停下来了，等我赶上。我已经落后了他一大截，肌肉疼痛加上心事重重让我步履缓慢，而下山的路越陡，疼痛就越明显。等我靠近他时，我仔细地看着他魁梧的身躯，粗壮的胳膊和大腿，很想知道他年轻时是什么样。这些年来他的身体几乎没什么变化。我记得儿时起他就以同样强壮的面貌在祖父的花园里忙里忙外。他身上总是有一种神秘感，手脚麻利，跑进跑出，就好像随时准备着向别的地方飞奔而去。我在想，那时他是否就是要上路去看望佐知子。不过在我们离得很近的时候，我看得出来，岁月已经使他温和许多，他的身体变得笨重了一些，他的短发也已经完全花白。

“很抱歉，”我说，“我今天走得太慢了。”

“不必着急，”麻津说着，眯眼看了看太阳，“我只是想问问你感觉还好吗？”

“还好。”我回答道，尽管我一直觉得心口堵得慌，不过我知道只要趁机歇一歇就会没事。没有理由再让麻津为别的什么事情操心了。

“我们一回去你就躺下来休息。”他说，好像知道我的心事似的。两个人在同一个屋檐下生活久了也许通常如此。彼此心心相印。

我们沿着小路下山，麻津默默地放慢脚步，跟我保持一致。“你今天早晨起得很早吧？”他突然问。

“我睡不着。”

“佐知子也睡不着吗？”他问。

“不，”我回答道，被他试图以这样一种狡猾的方式打探我们谈话的方式逗乐了，“我只是想看看她的花园。我并不确定她是否起床了，不过她确实起来了。”

“她过去不是一个早起的人。”麻津说。突然，他又对自己说漏了嘴感到有点不好意思，便补充道：“她和友子还是小姑娘的时候，如果情况允许的话，常常会一直睡到中午。”

“你跟友子的关系亲近吗？”我问。尽管在佐知子的讲述里他们兄妹有天壤之别，可我还是很想知道麻津的看法。

他一开始觉得有点奇怪，不过接着他就又清清嗓子，回答道：

“我和友子迥然不同。只是在她自杀前，我才开始对她了解得更多一点。”

“为什么这么说？”

“对我而言，在那些艰难的日子里，她才变得有了一些活力，”他一边说着，脱口而出的同时脚步也快了起来，“在那之前，她就是个傻乎乎的黄毛丫头，除了她自己，什么都不在乎。但是自杀前的那些日子里，她开始感到之前自己的无知，虽然有点太晚了。那天晚上她到我房间来求助的情形我依然记忆犹新。自从她发现自己的侧脸有白色的麻风斑，把自己锁在屋子里已经好些天了。

“‘哥哥。’友子低声呼唤着，将我从睡梦中唤醒。我还以为自己是在做梦。但我感觉到一只冰冷的手碰到我的脸颊，便倏地坐了起来。一开始我还以为是母亲跪坐在身边，不过那小巧的光滑的手，以及黑瘦的轮廓告诉我那是友子。

“‘发生什么事了？’我问道，以为是我们的父母出了什么事情。

“‘我需要你的帮助。’她说。

“我探身想去点燃油灯，但是友子阻止了我。‘就这么黑着吧。’她低声说。

“‘怎么了？’我问。

“‘我想要你帮个忙。’

“‘什么事？’我重复了一遍，被她弄醒我有点不快，还以为她又想到了什么馊主意。

“友子犹豫着。她很安静，似乎过了很长时间。从小她就外向活泼，吵吵闹闹，跟我们任何一个人都截然不同。于是我就等着。我感觉她把重心从一只腿移到另一只腿上。

“最后她贴近我的耳朵，低语道：‘你能把父亲的渔刀拿给我吗？’自小她就被禁止靠近它。

“‘拿它来干什么？’

“这一次她毫不犹豫地回答道：‘我不想像这样活下去了。’

“‘像什么样？’我问。

“我等着友子的回答。月光透窗而进，我可以清楚地看到她。她苍白而严肃，看起来跟以前我所认识的那个她判若两人。她木然地看着我。

“‘生了这种怪病。’

“那时候，我们依然有侥幸心理，希望这不是麻风病。村里也没有别的人染上这种病。不过当麻风斑蔓延到她脸上的时候，她简直要疯了。她干脆躲起来了。‘一切都会好起来的。’我记得自己还试图给她打气。

“‘不，’她摇摇头，‘我知道不会的。’

“‘你知道你不可以碰父亲的刀。’我低声说。我还没有完全清醒过来，眼前这个郑重其事的女孩看起来一点也不像我认识的那个友子。

“‘这么说你不想拿给我是吧？’她的眸子突然闪闪发亮。

“‘不想。’我回答道。

“友子站起来，用一只手护着脸，从我的房间走了出去。后来的每一天，我都试图跟她说话。我想告诉她有关山口村的事情，但是她始终把自己关在屋子里。‘我不愿意像这样活着。’在交谈中她一遍又一遍地重复着这样的话，就好像对自己将变成什么样已经心知肚明。三天后我去看友子，我那十六岁的妹妹已经找到了父亲的渔刀，结束了自己的生命。”

回到祖父的屋子时，我感觉我们已经离开了好几个星期，而不是仅仅一天。一夜之间樱花灿然盛开。即使最小的树枝上也缀满了粉红色的花朵。花园里的一切闻起来有一种甜蜜的冷漠感，感觉是如此遥远，我甚至觉得需要完全对它进行重新认识。不过我还是希望回到山口村，舒服地坐在佐知子的屋子里，听她讲述自己的故事。

说完了友子，麻津就恢复沉默，一头扎进了花园。他坚持让我待在家里休息，我希望回山口村帮他进行重建工作，他坚决不同意。

1938 年 5 月 15 日

为了给山口村运送物资，我们已经来来回回跑了好几趟。麻津希望明天可以开工。今天早晨他把最后一批建材往村子里送，我则待在家里休息。我试图躺下来，结果却在屋子里烦躁不安地走来走去。搁在祖父书房里的空白画布茫然地注视着我。木盘上斑驳的油彩硬块提醒着我上一次画画的时间。走廊尽头，厨房常年使用，虽然陈旧却保持得干干净净。我闲散地晃进麻津狭窄的后屋。里面空荡荡的，除了一堆他大姐从东京寄来的杂志和床边的收音机，没有一件值钱的东西。我拧开收音机，现实世界嗡嗡作响的静电声波又进入到我生活里来了。一个高亢刺耳的声音正在自豪地宣布，北京和南京之间的一个重要铁路枢纽徐州已经被日本人占领了。我突然感觉血往头上冲。日本军队已经使华北大部分地区和南方局部陷入瘫痪状态。现在没有什么能够阻挡他们占领广州城了，他们将一路长驱直下。我猛地意识到香港就是接下来顺理成章的那一个城市，不禁一阵窒息。

趁还有点力气，我赶紧回到祖父的书房，坐下来开始起草两封信，一封给母亲，另一封给小派。每一次想到要离开麻津和佐知子，我心里就一阵隐痛。我告诉母亲自己的身子在继续好转，考虑到日军正野心勃勃，也许我尽快回到香港是比较明智的做法。我跟小派说的基本上一样，不过我还跟她再次说起山口村的事情，还有我为她参与红十字会的事业感到自豪。

麻津从村里回来的时候，我已经封好了信封，想告诉他我即将回香港的打算。但我还没来得及说出口，麻津在玄关处匆匆脱了鞋，递给我一封信，地址显示是母亲寄来的。

亲爱的斯蒂芬：

你的信我收到了。别担心，我已经好多了。我的身体正在慢慢恢复。清一直在为我用山药、黄芪和枸杞煲汤。她说这可以补血。我确实感觉暖和多了。有一阵子，我总是感觉好像有冷风在身体里嗖嗖乱窜。

你还记得陈叔叔吗？他是你爸爸在广州时期的朋友。我在市中心碰到他，他现在已经加入到我们的麻将队伍来了。虽然是个年轻人，但陈叔叔也病歪歪的。他向我保证你会好的。此话深慰我心。

对你来说，如果在垂水再多待上一阵应该会更好。身体会更强壮一点。至少过完夏天吧。香港已经让人窒息。你得有新鲜空气才能完全康复。在那里你离爸爸也比较近，如果时局再艰难一点的话他会通知你的。即使日本鬼子占领了广州（有可能不会的），别忘了我们在香港是受英国统治的。

我觉得幸好我和佩内洛普没有按计划来垂水。倒不是因为我和你父亲还在理顺关系。我希望你明白。我们也许会去澳门看望安妮和亨利。或者也许——不管怎样，我现在没有力气去想这些事情。

清提醒你要注意休息。我会尽快再写信来。

爱你的，

妈妈

我把母亲的信揉成一团，心绪久久不能平静。事实上，在垂水待了整整一年后，从安静的花园到深山里的山口村，我已经完全适应了日式生活，不过我跟父亲不同，我依然为自己另一种生活里的气息和声音魂牵梦绕。我收起刚才写的信，把它们放进祖父书桌最底层的抽屉里。想到不能尽快见到母亲和小派，我的心就沉甸甸的。我绞尽脑汁，怎么都想不起叫陈叔叔的人。

突然，花园里传来一阵尖锐的噪音，打断了我的思绪，也吓了我一跳。我跳起来，赶紧跑出去看看怎么回事。在花园的尽头，麻津正在转动的磨刀石上磨着什么。

“你在干什么？”我问。

麻津什么也没说，直到齿轮转了最后一圈，逐渐慢下来，终于完全停止。他举起一把刀，这样我就清清楚楚地看到了它的象牙柄和暗哑的刀锋。“这是我父亲的渔刀。”他说。

1938 年 5 月 30 日

我有好几周没写东西了。我和麻津大部分时间都在山口村重建火灾中烧毁的那两间屋子。这期间我很少见到佐知子，因为她和其他女人都在忙着打麻糬，为庆贺新落成的两间屋子做准备。这是他们感谢我们的方式，其实光是看到全村上下焕发出来的生机就已经是对我们最好的答谢了。女人们在准备庆典的时候，弘叔和其他大部分缺手断指无法帮忙施工的男人们就在一边开心地七嘴八舌，定期给我们端茶递饭。

我看着麻津干活，便明白了佐知子的所指，她说他双手干活的时候感觉最自在。他为每一块木头整理配件，钉钉子，跟他在花园里一样全神贯注。麻津干起活来技术熟练，信心十足，他一开始目测眼量，接下来砌墙造屋，直到两间屋子大功告成。

庆典那天是我此生度过的最美好的夜晚之一。村子中央被黄灯笼围绕着，形成了一圈完美的光环。我和麻津作为尊贵的客人坐在中间，喝着清酒，吃着寿司，或者用麻糬蘸酱油与糖。佐知子谈笑风生，从来没有这么高兴过，弘叔则唱歌、讲故事。我们的笑声似乎几里外都能听到，甚至还可能飘到垂水去——风能把灵魂之声传送很远。

夜晚将尽，清酒不仅助我陷入沉睡，还让我梦到了垂水。不过村子并不在日本，而是在繁华的香港，一切如常，车辆来来往往，人群熙熙攘攘。我看到小派在分发保暖的衣服，为佐知子和弘叔的残肢包扎上白色的绷带。

第四部

夏

1938年6月6日

夏日越来越暖和,越来越明亮,我起得越来越早了,出门时间也提前了许多。今天上午我跟麻津一起去了垂水。自从两个月前贤三的葬礼之后,我就没有再去过村子——甚至感觉还要更久一些。贤三的茶社依然关着门,黑色的挽联已经撤下来了,但大门依旧用木板封着。他自杀身亡的阴影似乎还笼罩在人们心头。我们去邮局的路上正好经过茶社,麻津瞥了一眼,就好像他还期待着贤三会走出来,跟他打招呼。但是除了我们自己沉闷的脚步声,什么也没有,于是他很快就掉头直视前方了。

我去村里寄写给妈妈和小派的信。几天前,父亲打电报来,说他下个周末会来。我想在见他之前给母亲去封信。信里主要说我很好,因为她的来信,我便绝口不提自己想回香港的事。得知自己还可以继续在垂水待下去，我放心不少——我也知道离开这只是迟早的事情。

离开邮局的时候，我正好看见惠子穿过马路朝我们走过来。跟以往我们在村里的相遇不同的是，惠子这次压根没有回避，而是直接朝我和麻津走过来，深深地鞠躬，热情地打招呼。

"早上好，今天早晨在这儿看到你们真是太好了。"

麻津还礼的时候拼命忍住笑，随即就找了个借口离开，让我们单独相处。

实际上，我非常想念惠子。在山口村的时候忙于干活，根本无暇顾及其他。但是一看见她近在眼前，明眸善睐，浑身带着浓郁的茉莉香，一下子就重新拾起了我们上次相遇时所感觉到的冲动。

"你还好吗？"我问。

"挺好的。"她回答道，又腼腆起来。

"我最近很忙。所以没时间到村里来。"

惠子先是没作声，然后急急忙忙地说："我还以为你已经离开垂水回香港了呢。"

"没有，为什么你会这么想？"

惠子低头看着我的脚。"有一次我设法故意路过你家，但没有人在。"

"我在另外一个地方帮麻津干活呢。"我赶紧回答。

"我知道了。"惠子站在那里一时无言，她抬头看着我，问："明天下午三点钟左右你能到多摩神社来见我吗？"

"当然可以。"我说。

看得出来她想笑，但是又忍住了。她往四周看了看，见没人注意，便伸出手来轻轻地碰了碰我的手，然后鞠了一躬，转身离去。

回家的路上，我默默地想着惠子，麻津也尊重我的沉默。我们回到家，跨进大门进到花园，谁也没有想到，佐知子竟然等在那里。她穿着一身黑色的和服，戴着黑色的面纱。

“出了什么事？”麻津没来得及鞠躬便问。

“是弘叔，”佐知子回答道，“他昨晚在睡梦中过世了。”

麻津坚决不同意我跟他们一起回山口村。我明白他是对的，我们刚刚才从垂水走回来，再上山会累得筋疲力尽。我没有跟他争论。佐知子一如既往地温和与知情达理：“就待在家里吧，斯蒂芬。记住弘叔给你的最后印象，那天晚上的庆典，他是最活跃的，也是最开心的。”

他们走了以后，我在花园坐了很长时间。我试图去理解死到底意味着什么，是不是永久地睡去，再也不醒过来。自从我来到垂水，我所遭遇到的死亡比在香港要多得多。我眼前的一切都在变化着。我知道自己再也回不到过去舒服的日子了。在我前面，潜伏着残暴的战争场面，也许还会带来我认识或爱着的人的死讯，随之而来的还有我父母婚姻的终结。到目前为止，我都在某种程度上逃避着这些恐惧。我坐在白色的绣球花丛中，感觉到一种奇怪的痛苦正逐渐扩大，传遍全身。我被朝四面八方撕扯着，胸口隐隐作痛。

1938年6月7日

麻津昨晚留在山口村没有回来。我很晚都没睡，也睡不着。我等了他一天，直到我不得不出门去多摩神社跟惠子见面时，他依然不见踪影。我给麻津留了一张纸条，等最后走到垂水到达神庙时，已经迟到了，而且还疲惫不堪。

我到的时候，惠子正在第一座鸟居前来回踱步。她穿了一件紫色的棉布和服，撑一把米黄色的遮阳伞。一看见我，她就停了下来，好像突然间动弹不得。一路翻山越岭，这时候我背上衣衫汗湿，满脸通红，一头燥热。我不禁想，要是我们约在近一点的地方见面就好了。

“你好。”惠子鞠躬道。

我一直走到可以伸手触及她的地方才停下来，向她鞠躬还礼。“你好，惠子小姐，希望你没有等得太久。”

“一点也不久，斯蒂芬君。”她回答道。

我们站在那里，一时有点尴尬，这时惠子转过身去：“我可没忘了，”她说道，她走到树荫下，从那后面取了一个风吕敷回到我身边，“我想你走了一段远路，应该渴了吧。”

“是呢。”我笑道。

我们离开神社，来到一面山坡前，这里松树参天，郁郁葱葱。我闻到一股浓郁的松香，与惠子的茉莉香混在一起。她走进一小片空地，坐了下来，然后小心翼翼地打开风吕敷，将里面的东西一一取出来铺开。我们以树为墙，好像置身于一间小小的凉室。我挨着惠子坐下来，接过她递来的甘醇凉茶，一饮而尽。然后她又给我递来豆饼和米糕，我都照单全收，可她却什么都没吃。我把厚厚的松针当作床，往后一仰，便闭上眼睛，整个人放松下来。

就在这时，我感觉茉莉香浓了许多。我睁开眼，发现惠子正看着我，她的脸正对着我的脸，两个人息息相对。我本想说点什么，却只是仰起脸去吻她。她并没有逃开，而是把整个身体的重量都压到了我身上，我立刻感受到一股暖流。我环抱着她的腰，紧紧地搂着她，重重地亲吻着她。她也没有挣开，只是解开头发，任它们披散在自己瘦弱白皙的肩头。我从来没有触摸过如此柔软的肩。于是，我解开她的腰带，用嘴找到她的胸，她的手则向下摸索着抓住那已经变得坚硬和迷失的部分，将它纳进一个温软的所在。

是风拂过树梢，窸窣作响，才让我醒了过来。我恍恍惚惚，努力从梦境中挣脱出来。等我完全睁开眼睛，看见惠子就坐在我对面，满脸含笑。我不知道自己睡了多久。我起身靠着一棵树坐下来，有点不好意思，一句话也没说。

"你感觉好些了吗？斯蒂芬？"惠子问。

"我很抱歉。昨天晚上睡得不太好。"我回答道。

她靠过来递给我一杯茶。"你一定很累。"

我点点头。"我睡了多久？"

"不到一个钟头吧。"她一边说着，一边用双臂环抱着自己。在树荫下，温度要低得多。

"我很抱歉。"我又说道。

“该我说抱歉，是我惊醒了你。”

“早点把我叫醒才好呢。”

“不能，”她说，“你永远不要把一个人从梦里拉出来。”

“你怎么知道我在做梦？”我问。

“你睡在这样一个地方，怎么可能不做梦？”她反问道。

惠子跪下来，一边收拾风吕敷，委婉地转变了话题。她告诉我，她热爱垂水的宁静，害怕成群结队的暑期游客，下个月底他们就会大规模突袭村里。她说：“他们来的时候，我就想逃跑。”她最大的愿望是上大学学习建筑学。当她还是个小姑娘的时候，就对设计深深着迷。听着惠子温柔的话语，悦耳的嗓音，我渴望真实地拥有她。我握住她纤长的手指，一起缓步下山，向垂水走去。

我到家的时候，已经是傍晚了。麻津已经从山口村回来，脸色苍白而疲倦。他坐在玄关的台阶上，我进大门的时候，他只是抬了抬头。

“今天上午弘叔下葬了。”我走近的时候，他说。

“我很难过。”

“他死于心脏衰竭。在睡梦中他走得很安详。”麻津说着，一边用手掌心摩挲头顶的发茬。“他现在配得上拥有一个更美好的世界了。”

“我确信，他会的。”我笨拙地说。

“弘叔从一开始就住在山口村。他最早是从北方来的，在靠近北海道的某个地方。他如何越过千山万水而来，我现在已经无从知道了。他一直说有一天要告诉我的。”

我默默地站在那里，低头看着麻津灰白的头顶。我努力设身处地地想象他所遭受的巨大痛苦——在短短的时间内连续失去贤三和弘叔。就在注视着他的时候，我突然发现，他坚强的外表下其实已经伤痕累累，悲伤早压弯了他的肩背。很久以来，他一直都是两个世界的支柱，孤胆英雄。麻津好像知道我的心思似的，他抬起头来看着我，似乎也在思量为什么死神还要从他生命中带走另外一个朋友。我看他眼睛里意味深长，以为他有话要说，便耐心地等着。但他只是深深地吸了一口气，重新把手掌盖上了头顶。最后，麻津什么话也没说。他缓缓起身。我凝视着他的眼睛，发现疲劳已经使它们黯淡无光。他进屋，开始准备晚饭。

1938 年 6 月 15 日

父亲来了，又走了。每次见到他，我都会有新的发现。这回他看起来老了一些，不过尽管如此，他还是一如既往地仪表整洁，英俊潇洒。我没有提到母亲的来信，他也只字不提。他在努力假装一切照旧，至少在心里如此。毕竟，这件事对他在神户的生活影响实在太小——如果有的话。

一开始我就轻易适应了父亲的恬淡，他在的这两天，我们一起度过的大部分时间都风平浪静。我们谁都不愿意打破这种平静，于是对任何可能引起一丁点对抗情绪的话题都离得远远的。因此，母亲很少被提及。我们把话题主要集中在冬天有多暖和，而我们又刚刚度过了一个多么美妙的暖春。正因如此，父亲坚信我们可能会迎来一个潮湿的夏季。等我们终于详尽无遗地聊完所有安全话题，便又谈起了更重要的问题，比如战争，它是否会影响到我在垂水的去留。

“战争对神户有什么改变吗？”我问他。

第二天他即将踏上归途，吃过午饭，我们向海滩走去。父亲穿着白色的宽松长裤，淡蓝色的衬衫。他第一次脱了鞋，光脚走在沙地上。

“有一种兴奋的气氛，”他回答说，“你知道的，他们正在向广州进发，一路势不可当，所向披靡。”

我注意到父亲提到日本人的时候总是说“他们”，好像这样他就与他们撇清了关系。但是当他信步走在我身边的时候，我发现他在很多方面都更像个日本人，而不是中国人。他毫不费劲地适应了日本的克制和朴素，而且他一直都不喜欢香港的拥挤和嘈杂。

“爸爸，我一直在想，也许我应该尽快回香港去。”我说。

父亲抬手遮着眼睛，看向我。“也许你应该在垂水过完夏天，然后秋天再回去，”他说，“我看没什么问题。”

“那妈妈和小派怎么办？”我问。这是他来的这两天我提到她们为数不多的一次。

“我们已经商量过了，都同意你应该再多待一段时间，”他温和地回答，“香港暂时还没有马上开战的危险。”

我继续向前走。显然他和母亲于一团乱麻之外还是腾出时间讨论了一下我在垂水停留的问题。即使母亲的信波澜不兴，他们的一致决定还是让我有点吃惊。所有的事情都比我想象的要更加体面和合情合理。趁我没注意，一切都已成定局。我感到胸口一沉，跟我的病无关，只关乎我突如其来的悔恨。我忍不住希望父亲已经改变心意——他是来接我的，这样我们就会很快返回香港了——虽然这意味着我不得不离开在垂水的生活。

“如果你觉得这样最好的话。”最后我只能这么说。

看得出来，父亲一下子放心了。“斯蒂芬，也许你该到神户来过盂兰盆节？不妨改变一下环境，对你也有好处。”

我耸耸肩。“记得麻津说起过，村子里会有一个庆典的。”我撒了个谎，又不想被他看穿，便低头去解衬衣。“我想去游泳。你一起来吗？”

父亲笑了。“不了，你去吧。我就在这儿看着你游。”

1938年6月29日

还真被父亲说中了。他来过之后的两个礼拜，天气发生了剧烈的变化。我们度过了麻津所谓的“霉雨季节”或者“梅雨季节”，据说这恰好要持续六个礼拜之久。虽然有时暴雨如注，但更多的还是阳光明媚，间或细雨蒙蒙——这通常会持续好些天，所有的东西都氤氲得潮乎乎的，也霉乎乎的。在香港的时候，我习惯了夏天重重的湿气，甚至能看见墙壁“潸然泪下”。相对于这里一贯的晴空万里而言，梅雨季节倒不啻耳目一新的变化。

今天早晨我走进花园的时候，一团云雾突然降临。我从来没有见过如此美丽的景致。我都没注意到麻津已经在花园的那一头忙碌，直到他突然站起来，穿过雾气朝我走过来。“你怎么了？”他说，“你看起来就像是见了鬼似的。”

我费尽心思想在画布上抓住这魔幻般的幽美，但是有如一切大美之物，想要再现均困难重重。有一些东西如果太过完美，那么它的工整有时就会显得僵硬，近乎无聊。试了好几次，最后我还是放弃了。

1938 年 7 月 5 日

我大部分时间都是在沙滩上度过的，因为雨下得无常，所以这里几乎空荡荡的。我在温暖的薄雾中游泳，下雨的时候，就潜入水中，看着雨点在海面上跳舞，像一根根手指在触摸肌肤。

跟麻津一起去村里的时候，我见过惠子一次。她跟美嘉在一起，只是朝我飞快地扫了一眼，微微颔首致意。美嘉也同样如此，然后就拉着姐姐朝另一个方向走开了。但是，我看得出来，这一次跟我们其他几次的相遇有点不一样，惠子眼睛里有什么东西已经变了。她站在一片浓雾之中，头发湿漉漉地贴在额前，这对我而言意味着某种秘密的信息。她曾经看着我熟睡，也许还明白我在梦中亦跟她形影不离。现在，我们之间有一种亲密感。即便我看着她转身离去，渐行渐远，我也能感觉到这种亲密感将我们紧紧地联系在一起，远离所有其他人。

1938年7月9日

今天上午麻津给我讲了一个故事。在大山深处有一个小山村，那里梅雨从来未曾结束。厚厚的云雾终年萦绕在村子上空，从未散去，村民们根本就没有机会看见蓝天，呼吸干爽的空气。我问他，为什么他们会愿意待在这永不见天日的村子里，麻津仰头大笑起来。"因为梅雨选择停留在他们的村子，他们以此为荣，"他答道，"他们觉得，如果雾气飘走，厄运就会降临到他们头上。恶灵会不请自来。"

我走出门去，发现花园里依然雾气重重。一些奇怪的声音不知是从哪里发出来的，没有脸的阴影在移动，就像幽灵在寻寻觅觅，把我吓了一大跳。梅雨已经持续好几个礼拜了，一想到如果雾气永不消散，雨势不减，再也见不到阳光，我就开始感到窒息。

1938年7月16日

梅雨突然结束了。我起床的时候发现天空呈淡蓝色，一片柔和，这就意味着垂水开始正式入夏。一大早就听见人声嘈杂，脚步杂沓，父母们拖儿带女浩浩荡荡地朝沙滩一路进发。那里曾是我的圣地，现在我却避之唯恐不及。沙滩上的人，一家挨一家躺在五颜六色的遮阳伞下，尽量互不妨碍。那样的场景简直称得上滑稽。我偶然看见一个小女孩——她让我想起了小派——便忍不住远远地望着她在沙滩上游玩嬉戏。就在此时，我突然意识到在过去的一年里，小派一定长高了一截，那么她的变化一定大得超乎我的想象。等我回家的时候还能认出她来吗？这些纷乱的思绪让我马上掉头离开沙滩上，躲进了麻津的花园——这里夏花烂漫，绣球花和紫薇大大减轻了我的恐惧。

下午麻津回来的时候我待在花园里，他一边唠叨着所有这些挡道的人，一边从我身边经过。“他们多半都搞不清楚到底该来还是该去。”他自言自语地说。他停下来，递给我一个蓝色的信封，是小派写给我的信。

亲爱的大哥：

寄来短笺一封，只是想让你知道，不能来垂水看你，我的感觉有多糟糕。妈妈昨晚才把这个消息透露给我，我承认自己很不服气。其实，我大发了一通脾气，现在想起来简直无地自容。最后是清把我拽回了房间，她告诉我妈妈再也不想看到我那样了。“我的什么样？”我问。“你比你想象的要过分得多。”清回答。当时我几乎就想告诉她我在红十字会的工作了，但是我想，还是由妈妈自己发现比较好，于是我就闭嘴了。我真的为自己幼稚得像个孩子感到惭愧，但先是我们的圣诞假取消了，现在又轮到暑假。我真的好想见你。这似乎并不是什么过分的要求。毕竟，你离开都已经快一年了。

有时候我在想，你是不是已经看起来与以前判若两人了？我相信你英俊如故。岭南大学的女孩子一定非常想念你。她们有人鼓足勇气到家里来打听你的情况，尤其是吴希拉，她来过两次。虽然我不太喜欢她,但她还是很有胆量的。不幸的是,我还是老样子,与其他女孩千篇一律的短发,妈妈老是说比长发好打理。好在我卷绷带的时候,还是有种脱离庸常的感觉,所以我没什么好抱怨的。

我希望你一切都好。我真的好想亲眼看看你写到的山口村。也许我还能派得上用场。但今年夏天无论如何是见不着你了,这让我感觉又漫长又炎热。连安妮和亨利也不愿意回来。他们宁愿待在澳门,所以妈妈说我们会去那里。

我要走了,清在等我跟她去菜场。我很快会再给你写信的。想你。

爱你的,

佩内洛普(小派)

1938年7月25日

今天下午,人群喧闹不堪,我放弃了画画的打算,朝树林走去。这里松树成荫,明显凉快多了。我漫步在树荫里,想象着佐知子是怎么孤零零地藏在一堆厚厚的松针和树叶之下,惊魂未定,直到麻津找到她。就在我站定,沉湎于幻想之中时,突然传来一阵窸窸窣窣的声音,抬头一看,惠子就在不远处。她步履悠缓,低着头在想心事。我心跳加快,等着她朝我走过来——我不想吓着她,便静静地等着,一直等到她身上的第一缕茉莉香传过来。

"惠子小姐。"我走上前，叫道。

惠子吓了一跳，赶紧抬头。"斯蒂芬君，你在这里干什么？"

"我想逃离人群。"

"我也是。"她微笑着说。

接下来的一个钟头我们穿越了整片树林。我们低声交谈着，然后陷入一阵安详的沉默。空气温暖而甘醇。我伸手握住她的手，她没有拒绝。一直到走到大路上，她才恋恋不舍地松开我的手，悄然离去。

1938年8月8日

夏日炎热而漫长。我再也没见过惠子。我尽量让自己忙于画画，或者走很远的路远离人群。今天吃过晚饭后，麻津手持两张短柄的渔网走进我的房间。"跟我来吧，"他说，"穿一件不怕打湿的衣服。"

我换好衣服，麻津已经在花园里等我了。他手里拿着一盏油灯，两支还没点燃的火把，一只木桶以及渔网。我接过火把，跟他上路。已是黄昏，我们的身影模糊在一片薄暮中，看起来颇不真实。我们转到通往山口村的路，一路无话。温暖的夜空中，蟋蟀的叫声此起彼伏，只被我的声音打断了一次："我们要去哪里？"

"不远的地方。"麻津回答道。他走下大路，拐上一条通往树林里的羊肠小道。他停下来点亮油灯，灯光照亮了前面黑暗的路。我们进得越深，里面就越凉快，潮湿的泥土和桉树散发出的气味也越来越浓。不一会儿，我们来到了一条被树林和岩石掩映着的小溪前。

“我们到了。”麻津说，他提高了油灯，以便让我看得更清楚一些。灯光的映照下，青青河水泛着红光。我看见有东西从水里冒出来然后又缩了回去，不禁后退了几步。“那是什么东西？”我问。

麻津大笑起来。“明天的晚餐。”他说着，放下了油灯。他脱掉木屐，卷起裤腿，点亮一支火把递给我，然后点亮另一支。麻津一手举火把，一手边拎渔网，走进了水中。火光闪烁着，照亮了溪水，只见他周围一片升腾跳跃，银光闪闪。网从半空中撒出去，他飞快地捕起跟我拳头差不多大的对虾，数量还真不少。

我拿起另一张网也走进了水中央，慢慢晃动手中的火把，这时已经完全顾不了脚下凉悠悠、吸溜吸溜的泥浆。不一会儿，我就感觉到对虾在抓我的腿肚子，它们跳跃着，在我身边溅起无数的水花。我迅速起网，让它们在扑向我的时候一个接一个自投罗网。我转过身去看麻津，他已经把战利品倒进了水桶里。只听见对虾们无力地抓挠着桶盖，拼尽了最后一口气跳跃着，疯狂地挣扎着。

1938 年 8 月 16 日

我对父亲之前说的谎言居然成了事实。麻津确实对盂兰盆节早有打算，还问我要不要加入。我欣然答应了，后来我发现麻津的大姐富美子，也即将从东京回到垂水来。她的归期将近，我们精神倍增。而随着庆典的日子来临，麻津身上竟突然冒出一种近乎孩子气的东西来。庆典那天不仅仅是祭祀亡灵的节日，还是一个返乡日，是回到故土的节日——一个人回到他的出生地和精神故乡。每年，生于垂水和长于垂水的人都会回来过盂兰盆节。去佛庙祭拜过祖先之后，村里会备好食物，人们翩翩起舞，欢迎归来的魂灵。

富美子回来的那天，我和麻津走到火车站，跟他一起接站。我不仅对要见到麻津的另一个家人感到好奇，还感觉很惊奇——麻津竟真的拥有一个家庭。长期以来，他都是独来独往，我已经忘了他也曾为人子，而且还是某个人的弟弟。

火车站早已人山人海。夏日的游客跟终年住在这里的居民穿着大相径庭。穿着西式衣服的女士，与懒洋洋慢吞吞的垂水节奏格格不入。在这儿差不多过了一年了，我已经适应了乡村生活，有时候怀疑自己是否还能够回到香港的快节奏中去。

我们身边等着一群本地人，他们来接亲戚回家度假。时间一长，越来越多的人拥到木站台上来，让人几乎动弹不得，嘈杂声一阵紧似一阵。但对我来说最明显的痛苦是，妇孺的人数远远超过了男人们。稀稀拉拉的几个男人抽着卷烟，在站台附近无所事事地转悠，他们早已经过了从军的年纪。这依然让我感到困扰，就好像我应该去别的地方，却莫名其妙地错过了火车。

麻津看了看时钟，显得越来越着急。他用手帕擦擦额头。我注意到虽然他穿着一件藏青色的旧和服，但胡子刮得干干净净，和服也是新烫好的。就在这时，我们突然听到一阵低沉的隆隆声，不远处浓烟滚滚，火车正在减速进站，刹车声尖锐刺耳。人群同时涌动，向前推推搡搡，尽管根本没别的地方可去。

等火车完全停下来的时候，麻津叫我等他，自己则一点点地朝车门挪过去。看起来人们永远以为他们接的是第一个下车的乘客。我退后几步，目光尽量在一片人群中跟随麻津，但是他很快就没在人群中，不见了。

空气中响起着阵阵问候声。

“我回来了，我到家了呢。”一个声音说。

“你回来啦。”另一个声音回答道，在欢迎他回家。

我看着返乡的人流，想象着在这里接我的家人下火车会是什么感觉。我通常会紧张，会因为时间过得太慢而烦躁不安。如果一切按原计划进行，现在我应该就在这里迎接他们大家了，然而因为父亲的出轨和日本军队在中国的长驱直入，一切计划都成了泡影。我看着眼前陌生的面孔和身体从火车上鱼贯而出，想从中找到熟悉的面孔，一种乡愁感铺天盖地席卷而来。我正朝着另一个方向出神凝望，突然感到一只手放在了我肩膀上，转身一看，原来是麻津和他的姐姐富美子。

“他又在梦游了。”麻津笑着说。

富美子笑吟吟地鞠躬。她花白的头顶朝向我，我隐隐约约地闻到一股水仙花香的味道。我鞠躬还礼，等大家都站直身体的时候，我发现她比我想象中还要矮小一些。因为上了年纪，她的身材有些发福，跟麻津很像，身体里仿佛蕴藏着一种力量。不过最吸引我注意的是富美子的脸。这是我特别喜欢画的一种脸。不算漂亮，肯定不是友子那样的好看，但也没有麻津的粗犷。她吸引人的地方不在于五官的完美，而在于深陷的皱纹、斑驳的老年斑以及那双阅历丰富的眼睛。富美子有一张饱经沧桑但韵味十足的脸。

“很高兴认识你。”我再一次鞠躬。

“你跟麻津描述的一模一样。”她一边说着，一边朝他看。

“他是怎么描述我的？”我提高嗓门大声问，声音甚至盖过了人群的喧闹。

“说跟你祖父一个样。”她嗓门一高，旋即又低了下去。

我们回到家，富美子坚持亲自下厨做午饭。她毫不吃力就进入了我们的生活，像花园里的另一朵夏花灿然安家落户，我还有点不太适应。我们围坐在厨房的木桌前，麻津坐在木凳上指点着她。和往常一样，一旦他无所事事，就如坐针毡。

“你现在一定知道了吧，斯蒂芬，麻津坐不住。当他还是个小男孩的时候，就总是闲不住。”

“你确定你说的不是友子吗？”麻津问道。他站起身，替她把一壶水烧上炉子。

“你们俩都是。”富美子说。

我津津有味地听着，心想，这是第一次听到麻津谈及友子，就像她还在世一样。忽然之间，就像她还了魂，跟我们共处一室。麻津跟大姐在一起，任她嗔怪着，好像变得年轻了。

“跟你们俩一起过日子可真不容易。”他打趣道。

富美子把粗条的乌冬面下进锅里，一边搅拌着，以此确保煮开的时候是一条条分开的，不会粘到一起。“我也这么想，”她说，“不过那时候，你压根就没注意过我们。”

麻津坐回去，开始削梨——任何事都可以，只要让他的手不闲着。“那时我没法理解你们。”他说。

富美子停下手里的活儿，转过身来。“我想我也不能，”她说，“不然的话，现在我应该更加善解人意才对。”

有那么一会儿，我寻思自己是不是该起身离开，他们的谈话应该只属于他们自己，不过突然麻津清了清嗓子，双手往桌上一撑，站了起来。他咕哝着花园里的什么事，任削好的梨子留在桌上，迅速从厨房走了出去。

“这就是麻津的方式。”富美子看着弟弟离去，温柔地嗔了一句。她回过身去，继续搅动面条。“谈到友子他总是心里过意不去，哪怕已经这么多年过去了。”

“你那时还在这里吗，就是当友子……”

“自杀的时候？”她一边问，一边转向我。

我点了点头。

“我年长友子五岁，那时已经结婚了。我刚刚在六个月前跟丈夫迁居到了东京。我一直在想她总有一天会来跟我住在一起的。友子从小就是一个梦想家，她的双脚从来没有踩在大地上，”富美子摇摇头，“那真是一场悲剧，因为她貌美如花，活力四射。接到她死讯电报的那天我依然记忆犹新。我想一定是搞错了。我把消息告诉了丈夫，他回了电报，结果又接到了另一封证实友子自杀的电报。有时我会梦见她已经长大成年，美貌依旧，过着快乐的生活。但是到这时我就惊醒了。时光荏苒，年复一年我总要回来祭拜她，希望她在另外一个世界已经获得安息——找到她在这里没有找到的东西。”

“那麻津当时有什么反应？”我问道。

富美子涮涮面条，然后将它们沥干。接着她又把热气腾腾的一把面轻轻投进另一锅正在沸腾的肉汤里。“他一贯沉默寡言，任劳任怨，你知道吗，是他发现友子自杀的？”她问，却并不等我回答。“在她最后的日子里，”富美子继续说，“据我母亲说，友子跟麻津最亲近。这看起来颇有点不可理喻，因为在那之前，她宁愿跟他没有一丝瓜葛。有时候我也在想自己有没有在一定程度上帮过友子，让她走出绝望。”

富美子的声音低了下来，接着戛然而止。煮沸的面条泡沫四溅，劈啪作响。水蒸气在升腾，在小小的厨房里弥漫开来。

“父母过世以后，”富美子继续说，“我曾叫麻津到东京去住，但是他拒绝了。‘在那里我不知道能干些什么。’他说。他确实来过一次，但是他的心却永远留在垂水。虽然他不会这么说，但总是有什么东西或者什么人把他固定在了这里，那家伙根深蒂固，就像这里漫山遍野的松树。”

我心里暗暗笑了，很好奇这么多年来麻津是如何对佐知子的事情做到守口如瓶的。富美子很早就去了东京，这倒不假，但她毕竟是他唯一的家人呀。他怎么就不能说出佐知子的名字，告诉富美子她就是他离不开垂水的原因？他怎么就不能通过承认佐知子的存在让她更真实，在他生命里更加根深蒂固呢？就在这些念头在我脑子里打转的时候，富美子把面条分成了三碗，又添加了一些鱼糕，然后一碗一碗端上了餐桌。

1938年8月17日

我在一阵轻言细语声中醒了过来。过了好一会儿我才意识到这不是在做梦，而是麻津和富美子在厨房里轻言细语时发出的柔和的嗡嗡声。天还很早，外面依然黑魆魆的。我静静地躺着，任温暖甘甜的饭香飘进屋子，慢慢地将我从迷迷糊糊中拉出来。等我穿戴齐整到厨房加入他们的时候，看得出来，他们一定已经起床好几个小时了，正在忙着做饭，准备带到友子和他们父母的坟上去。桌上摆着一碗碗腌菜、油炸豆腐、红豆饭团和咸鱼。

“我正要去叫你起床，”麻津见我站在门口，便说，“我们很快就出门。”

“我已经准备好了。”我拂去眼里的睡意，说。

“过来，斯蒂芬，把这喝了。”富美子说着，递给我一杯热气腾腾的茶。

我慢慢喝着，看他们并肩忙碌着。他们之间洋溢着一种温暖的情意。我跟几个兄弟姐妹在一起的时候也有同样的感受，这来自于一起长大的平静的默契。在晨曦中看到麻津焕然一新的样子，感觉实在太好了。他们要么低声耳语，要么什么也不说，各自手上忙着切菜和打包，节奏默契，配合完美。

当太阳像一只红彤彤的桔子升起来的时候，我们出发了。我的思绪却飘到了佐知子那里，想着她在山口村过盂兰盆节会做些什么。路上行人纷纷，他们背着风吕敷，里面装着祭拜亲人的祭品。

进到村子里的时候,我们加入了一条长长的仍在不断壮大的队伍,沿路朝寺庙走去。节日伊始,万事俱备,村子里看起来亮堂多了,也干净多了。沿路每隔三英尺就竖着一根高六英尺——可能还要再高一些——的长木杆。杆子顶端伸出小挂钩,等着人们把灯笼挂上来。我环顾四周,没有看到惠子和她的家人,便放下心来。上一次我们在寺里相遇,他父亲对我的态度不言自明,我可不想再次让惠子或者我陷入难堪的境地。

我们到达墓地的时候,坟前已经摆上了一碗碗祭食,一盏盏茶和清酒。在香港,我们也习惯在鬼节的时候进行一年一度的祭拜活动,祭奠我们的祖先。不过垂水的墓碑均朴实无华,只简单地刻着名字,而在香港,墓碑巨大且雕工精致,大多数墓碑上还镶嵌着逝者的小照。我曾经很喜欢沿着蜿蜒的累累碑石散步,总是莫名其妙地为那些注视着我的脸孔感动。他们有的年纪轻轻,风华正茂,有的则老态龙钟,德高望重。这些都无关紧要。每一年我从墓地离开的时候,都记着这一张张的脸,好像在短时间内,我已经在某种程度上认识了他们。

所以,当我们来到麻津和富美子的家庭墓地时,我不禁感到有点失望。没有丝毫个性的痕迹表示他们曾经存活过,只能通过灰色石碑上刻着的名字和日期辨认一二。这时我才意识到自己从来没见过友子长什么样。我所知道的就是,她曾经是一个美丽可爱的女孩儿。也许麻津在什么地方藏着她的照片吧,我想。

麻津和富美子打开风吕敷,把祭品一碗接一碗地放到三座坟前。这时又一件奇怪的事情发生了:麻津走上前,低声吟诵起来,他几乎就是在歌唱了,声音里有一种令人讶异的温柔,悦耳动听。等他唱完，富美子和他深深地朝坟地鞠躬，我站在他们身后，也同样行礼。过了一会儿，麻津请辞离开，穿过墓地而去。他拎着另一只风吕敷。

“他要去哪里？”我问富美子，她正在忙着用一块旧抹布和一罐水给墓碑洗尘。

她头也不抬，回答道：“去看看贤三。”

我很好奇麻津是怎么跟她讲贤三之死的。她知道他是上吊自杀的吗？她明白原因吗？富美子默默地擦洗着碑石，等她抬起头来的时候，正好看见麻津从寺庙拐角处回来。

回去的时候，村子里已经恢复了生机，人群熙熙攘攘，到处欢声笑语。大大小小的纸灯笼高高悬挂在木杆上，为魂灵的来来去去开道。灯笼各式各样，一些像动物和房屋，一些则简朴得多，涂成五颜六色，红的红，黑的黑，白的白。每一只都从木杆上悬荡下来，极富装饰意味。炸鱼的味道，麻糬蘸酱和糖的味道，还有红豆糕的味道让我饥肠辘辘。音乐在空中流淌。现在是欢迎魂灵的时间，在他们回乡之际应该且舞且乐。街道上到处都是吃吃喝喝的人，还有人是从数百里之外赶回垂水的。村子里出现了那么多新面孔，我感觉好像置身于一个陌生的地方。成群的妇女和儿童在大街上闲逛。老人们混杂在其中，竭力想记起一些老名字和老面孔。只有一件事情是相同的，那就是每年回家祭拜死者。

我打量着贤三的茶社，它立在街角黑幽幽，空荡荡的。我可以想象去年的盂兰盆节，他瘦削的身影忙前忙后，端着盘子给口干舌燥的顾客们送饮料。他会拍拍麻津的肩膀，请他喝杯啤酒。但今年他不在了，留下麻津用食物和饮料来祭奠他。今年的盂兰盆节，佐知子又感觉如何？我想知道，他们在山口村是否也会祭奠逝者？

很难想象未来会给我们每一个人带来什么。全日本都在祭奠死者，可越来越多的中国人却正在被屠杀。这里没有人会想到去祭奠他们。我环顾周围的笑脸，看着与我并肩缓行的麻津和富美子，真希望他们中有一个人能够告诉我，未来会怎样。

第五部

秋

1938 年 9 月 5 日

花园里，初秋的迹象已然十分明显。首先变化的是气味，香气越发甜美，也越发浓厚。接着是颜色，色调因影而变，敷染成深深浅浅的紫红，藏红，橘红和鲜红。秋天跟其他几个季节相比，有一种更加严肃的意味。也许是因为光线渐渐转暗，使得一切都不平凡起来，你必须更加仔细，才能找到自己要走的路。

到八月的最后一个礼拜，夏天的观光客大都已经离开，垂水又恢复了平静。今天早晨我在外面散步的时候，充满了一种怀旧情绪，我想起了儿时，这个时候也快要开学了。虽然在垂水再过一个秋天跟返校是两码事，但颇有回到昔日生活状态的感觉。

当然，麻津叫我到后花园说给我看样东西时，这些茫茫思绪立刻就消失了。

“快看。”他一边说，一边指着脚下的一株球形植物，他把它叫作棣棠花。

我低头看着那一丛橘黄色的花，五瓣，跟小菊花很相似。“真好看。”我尽力回应他的热情。

麻津蹲下来，用手指拨弄着小小的花瓣。“它们不止好看呢，”他说，“通常它们只在春天开上一个礼拜左右。今年这么晚还开花，这可是一个好征兆。”

“你觉得我们会有好运气吗？”我问。

麻津抬头看看我，又低头看花。“只要我们没有坏运气。”他回答道。

1938年9月13日

今天早晨我去了一趟海滩。这是好几个礼拜以来，这里第一次没有成群结队的场面。某种程度上，我感觉海滩又属于我一个人了，过去的这几个礼拜以来我都离得远远的，就是为了等待这一片沙滩回到空旷。正如我一直在期盼着惠子的归来。盂兰盆节后不久我才发现，她和家人去大阪她母亲的老家了。实际上，是有一天下午麻津从邮局回来，不经意地跟我提起来的，说他们出门了。一开始，他递给我一张小派写来的明信片，那是她和母亲终于去澳门看安妮和亨利时寄出来的。然后他说：“你的漂亮朋友跟家人去大阪了。

听吉田先生说，她应该过几个礼拜才能回来。”我点点头，谢谢他替我取回邮件。我已经转身走开，开始读起了明信片，但一直都能感觉到他的目光跟随在我身后。

海滩上随处可见游客遗留下来的东西。粗心大意而丢下的包装纸，一半埋在沙子里的塑料铲，依然矗立在那里的小沙丘——它们曾经是城堡和壕沟。看到这些我深感孤独，倒不是因为人们遗弃它们，而是因为我将不得不离开这一切。生病最糟糕的事情是疲倦感，这种虚弱让自己与世隔绝，除了让自己变成一个观光客之外，一无是处。在学校的时候，我只能看着朋友们游泳，打篮球和板球。在家疗养的时候，我又总是与欢笑绝缘。不过在垂水过了一年后，我终于感觉自己比过去的两年来强壮了许多。现在我不禁想知道，还有多久我就得离开垂水，然后回到之前的生活中去。

最近，有关中国战场的消息都零零星星的，这只说明日本没有取得什么重大的胜利，但是沉默再也蒙骗不了我了。有时候我觉得我们像是悬浮在时间里，能做的事情唯有等待。

我沿着海滩散步，直到一阵闪光引起了我的注意。那是从沙丘上发出来的，一开始我还以为是太阳在作祟。等我再次看向那道光，才慢慢辨认出来，那是有人踏着热浪行走在沙滩上。我伫足等待，直到那个纤细的身影消失在沙丘后面。木屐踏在沙滩上的嘎吱嘎吱声由弱变强，最后是惠子走上了沙丘。

“惠子！”我朝她挥手。

惠子看见了我，也朝我挥手。她想走快一点，但是她的木屐让她跑不起来。她停下来，脱了鞋拎在手上，然后撒腿朝我跑过来。

“我一直都盼着见到你。”她鞠躬。她的脖子上挂着一条我从来没有见过的银项链和银挂坠。刚才在阳光下闪烁的应该就是它了。

“我也是，”我鞠躬回礼道，“听说你和家人出远门了。”

“是的，”她说，“我们去大阪看望外祖父和外祖母了。”她低头看着自己的脚，然后又抬起头，目光从我身上转向大海。

“一切都还好吧？”

惠子先有点犹豫，接着很快地说：“我不能再见你了，斯蒂芬君。”

“你这是什么意思？”我问道。好像她刚刚扇了我一个耳光。

“我很抱歉，但是只能这样了，”她凝视着我的眼睛，说，“我现在得走了。”

惠子立刻转身，沿着刚才的来路回头就走。我想要一个更充分的解释，当即便跟在她身后往沙丘走去。我伸手抓住她的胳膊，生怕她就要消失。她手上还拎着木屐，转过身的时候，正好打在我胸口上。

“你到底怎么啦？”我一边问，一边紧紧拽住她的手臂，比我预料的要更使劲。“是你父亲让你对我们的事改变了心意吗？”

“永远都不可能有‘我们’的。”她回答道。

惠子说完就从我手上挣脱了。在那一瞬间，我还以为她要用木屐打我。但她只是从我身边走开，一只手抚弄着银链，另一只手抱着木屐。

“不要不给我留下任何解释。”我说。

“你难道不明白吗，我们的感情永远不可能有任何结果的。”她看看身后，再次确定没有人看见我们。“我哥哥在徐州被杀了。我们从大阪回来的时候才得到消息。”

我一下子目瞪口呆。徐州！那就意味着她哥哥早在五月份的时候就死了。我无法想象失去独子对她家人来说意味着什么。我把惠子拉过来，紧紧地抱住她。她在竭力抑制眼泪，抽抽噎噎地颤抖着。我们就这样抱着，待了好长时间，直到她抽身离开，这时我才看见她满脸泪痕。我原以为她的眼泪是为她死去的兄长流的，但是她举起手，抚摸着我的脸，温热地抚摸着。我想亲吻她，但是又怕她会逃跑，怕这样只会让她跑得更快。我终于放开她的时候，惠子深深地凝视着我的眼睛，但是什么也没说。她只是默默地转身，朝沙丘走去。这一次我没有追她。我站在那里，等待着发生点什么——她的一个微微点头，或者她的项链反射阳光——任何一个可以让我追上去的迹象。但是惠子一次都没有回头。我看着她登上坡顶，然后一点一点地消失在沙丘的另一头。

我怎么也睡不着觉。我起来将这些写下来，希望能够理清与惠子和他哥哥的灵魂的关系。我想知道他死之前，到底杀死了多少中国人？我猜想这个问题跟一个日本家庭失去了他们唯一的儿子没有什么关联。惠子和她的家人会为这些儿女、父母们表示哀悼吗？疯狂的战争所造成的毁灭已经远远超过了士兵们在战场上的牺牲。它径自撕碎了一切，没有一个人逃得出它的魔爪。甚至连惠子这样正直和高尚的人也伤痕累累。

1938年9月16日

昨晚我梦见了惠子。在海滩上，她向我跑过来，但是不管她跑得有多快，却永远都无法靠近我。梦里我在干什么——站在那里，或者向她跑过去——我不太确定。我只知道，我醒过来的时候大汗淋漓，榻榻米和枕头都湿透了——我一定是在跑了。

麻津知道我和惠子之间的关系已经改变，但是他一句话也没问，我也只字不提。我不知道该怎么跟他说，因为我们之间的情谊几乎还没有开始就已经结束了。我试过不要太郁郁寡欢，但是就像饱受饥饿折磨的人一样，忧郁的情绪总是在瞬间将我击垮。在海滩上，有一两次我以为自己看见她了，但那只不过是我的“幻觉”在作祟，就像母亲说的那样。

一个人离去后，人们对他的记忆往往很有意思。记忆常常都跟气味有关，或者表情、说话的声音、一个不寻常的姿势，但没有两个人的感觉完全相同。于我而言，我依然能看得见惠子的颜色，她的黑头发衬得肌肤似雪，她的藏青色和服上的白圆圈，大红柿子从她提着的棕色篮子里掉下来。每想到这些色彩，我心里的痛就会加剧一分。我同时也在想，随着日子一天天过去，它们将如何淡出我的视线？

1938年9月23日

雨下了整整一个礼拜。今天是秋分的第一天,雨恰好在这一天停了,最美的一天随之来临。早晨天空万里无云,一片湛蓝,清新的空气中夹杂一股大海和泥土的咸湿气味。今天是庆祝秋分的好日子,我们将和佐知子一起度过。

一大早我们就出发去山口村。我很久没有去那里了,很想再次见到佐知子。山路泥泞湿滑,上山的滋味可不好受。我滑倒了好几次,到达的时候,我和麻津从头到脚都泥迹斑斑,鞋子和裤脚都糊满了烂泥。佐知子看见我们趟过泥泞走到她门前,掩嘴而笑。

我们绕到屋后,走进花园。花园里的石头依然乌润油亮,湿漉漉的,泛着光泽。进后门前,我们脱掉鞋,小心翼翼卷起裤腿。佐知子拿了两件浴袍,让我们换上。

"你们想要洗澡吗?"佐知子一边问,一边从上到下打量着我们。

麻津看看我,然后摇摇头。他指着屋子一侧:"我们就冲洗一下,把这身衣服换下来。"

佐知子点头同意,把两件浴袍递给他,然后闪身进了屋子。麻津把我带到另一边,那里有一大桶水。旁边有一只供洗澡用的大木桶。

"拿一件吧。"麻津说。他递过来一件浴袍,我一眼就看出来那实在太大了。他脱下衣服,漂洗干净,然后换上浴袍,他穿上正好。我也照做,我对赤身裸体再也不感到难为情了。这一年来我长了不少肉，又因为一直在游泳，我的体型比以前任何时候都要好看。不过穿上浴袍的时候，我轻易就把自己裹了两圈。

进到佐知子的屋子，她已经泡好了热茶在等我们。桌子已经布置好了，漆碟整整齐齐地摆在中央，盖着盖子。

"非常感谢。"我接过茶杯时说。浴袍挂在我身上松垮垮的，我鞠躬的时候差点散开。

佐知子抿着嘴笑。

"下雨的这些天你是怎么过的？"我听到麻津在问。他站在屋后的拉门旁，望向花园。他的举止跟平常有些不同，不过具体如何不同我有点说不上来。

"一直都还好。"佐知子回答道。

麻津在屋子里四下走动，望着天花板，察看有没有漏雨的迹象。一处都没发现，他径自笑了，然后走到桌子边，带着一种沉着和自信轻松落座。刹那间，我看出了他是谁：他是这间屋子的主人。我第一次意识到，他其实从来都没有属于自己的住所。成年之后，麻津几乎全部时间都生活在我祖父的海滨之屋并照顾这所房子。在那之前，他跟父母住在一起。如今我发现，这所房子，这座他亲手为佐知子打造的可爱的建筑，也是他自己的房子。突然间，多年来的服务感消失了。他穿着黑色的浴袍，坐在桌子边，招呼我们跟他一起喝茶，看起来幸福而满足。

我闲坐一旁，看着佐知子给麻津上菜：卤汁鳗鱼，炸豆腐，还有米饭。然后她静静地站立一旁，看着他吃第一口，咀嚼，接着赞许地点头，她的嘴唇往上一弯，嫣然一笑。

这样一幕场景，我曾经目睹过成百上千次，不过那时候我还小，父亲还在家。那是每天晚上的例行仪式。清站在父亲身边，等待着他品尝食物表示满意。虽然他脸上挂着一副漠不关心的表情，但她仍然表现得像一个小孩子一般焦虑不安。每天晚上她一边安排我们的晚餐，一边喃喃自语着哪道菜我父亲会不喜欢。我一直对被服侍感觉很不舒服，即便清从我记事起就为我们家工作了。不过这么多年来，清显然已经具有了一定的掌管我们家庭的权力。父亲将自己的一日三餐和孩子们托付给她。母亲则视清为一个睿智的大姐，对她倾诉秘密，听她的意见，她生气的时候也从来不敢对清大喊大叫，生怕她会到别人家去工作。毋庸置疑的是，如果没有清，母亲会方寸大乱。

由于我父母经常会因为生意和消遣外出，清就留下来，悉心养育我们这几个孩子，对我们视如己出。我们不舒服的时候，她就喂我们苦茶，我们调皮的时候，她就大声责骂。在许多情况下，比如我们膝盖擦破，伤心了，大家要求助的对象往往是清，而不是母亲。她随时都在以各种各样的方式为我们服务。记得有一次我问她是否有自己的孩子。“我拥有你们大家，”她说，“没有别的人。”

从那以后我就感觉好多了，好像我们是为了某些目的而被伺候的，因为没有我们的话，她只会无依无靠，四处漂泊。

✣ ✣ ✣

麻津端起碗，请佐知子再给他添点米饭。他话还没说完她就站起来了。与此同时他给她的茶杯续满了茶，两人配合得天衣无缝。

我知道他们再也不会各奔东西了。

“你想再来点米饭吗，斯蒂芬？”佐知子问我。

“是的，麻烦你了。”我回答道，同时把碗递过去，这样她就不用伸手来够了。

1938 年 9 月 28 日

今天早晨我起床的时候感觉心神不宁。麻津在花园里修剪树枝，梳耙落叶，我走进他的房间，打开收音机。没什么新闻，同一个老掉牙的声音说，大日本天皇和帝国在英勇地与帝国主义和共产主义进行斗争。我关上收音机，走了出去。

在麻津的花园里，以及整个垂水，菊花开得漫山遍野，蓬蓬勃勃。麻津蹲在一棵黑松树旁边修剪枝叶。他听到我从后面过来，便踞腿而坐，说：“我需要一点帮助。”

“告诉我该怎么做。”我说，很感激终于有事情可做。

“抓住这个。”他说着，一边让我抓住松枝，这样他就可以进行修剪。

“就这样？”我话音未落，他就已经剪下了要剪的那枝。

“有时候，两个人一起做事要容易得多。”他说。他从地上站起来，掬起一捧土。“你打算再也不去游泳了？”他一边问，一边转过身去。

“其实我并不喜欢游泳。”我答道，心想，正好趁机跟他说一下跟惠子是怎么回事。“我再也见不着惠子了。”我一下子脱口而出，心里真希望自己说得再平静一点。

麻津抬头看了我一眼，指着另一根树枝，问：“你能帮我把那根拉下来吗？”

我按他说的做，麻津慢慢地移动，一丝不苟地将这根树枝恰到好处地剪了下来。

“这是不是很有意思，斯蒂芬，”他说，“有时候你必须砍掉一些东西才能使它成长得更茁壮？”

我点点头。

“一开始它会显得孤孤单单的，有点荒凉，但翻过年就又春暖花开了。”

我觉得麻津像是在以树喻人。“惠子可不是一棵树，”我对这个比喻有点不快，便说，“她的哥哥在徐州战死了。”

麻津直摇头。“真是愚蠢。”他喃喃自语道。过了一会儿，他又说：“人和植物并不是那么迥然不同的。我们都是大自然的一部分，应该互相学习如何生存。”

“就像一个人杀死另一个人？”

麻津从地上慢慢站起来。他退后几步，满意地看着眼前这棵黑松树。“不是说我们作为人类就没什么好学习的了。有时候，我们不假思索地爱与恨。我们相互无度索取，常常犯错。拿那朵花来说，”他指着旁边的一树紫薇，“虽然它的生命期很短，但是你知道对它该抱何种期望。树叶一变黄，你就知道它们一周之内会凋零。幸运的是——或者不幸的是——我们人类的生命要长得多。这也使情况变得复杂得多。但是最终，斯蒂芬，你只能往回看，希望你生命中的过往都是为了达成某一个目的。无论你见得到惠子，或者再也见不到她，都不会夺走你对她的回忆。如果她很重要，那么她就会与你不离不弃，永远在一起。”他挖起一铲土。

我想帮他忙，但是他耸耸肩，表示不需要。“还会有别人出现的，”他一边从我身边走开，一边说，“许许多多的别人。你没有理由放弃游泳。”

1938年9月30日

下个月初是小派的生日，因此我下午用了好长时间在村子里找一样东西来送给她。邮件好像越来越慢了。我已经很长时间没收到从香港或者神户寄来的东西了——没有信件，甚至都没有一份父亲寄来的报纸。

村子里静悄悄的。最初我总是避得远远的，不想遇见惠子。但是现在就像翻开了新的一页，我突然渴望再见到她。哪怕只是惊鸿一瞥也好，至少我知道她还在这里。但是放眼望去，村里几乎没有人。整个村庄似乎都陷入了沉睡。

邮局附近只有一家杂货店，我指望能在其中为小派找到一件礼物。虽然她在香港衣食无忧，但我还是想送给她一个小纪念品，一种她也许会在某一天回忆往事时用来纪念这一年的分离的东西。杂货店里面既幽暗又阴凉。一个老妇人向我鞠躬，示意我随便看看。我沿着拥挤的走道往里走，希望能发现什么东西，但是里面只有一些日常必需品：罐头食品，茶叶，生姜，钓鱼线，或者刀。什么都没能找到，我怅然若失。不过，我还是挑了几种小罐装的腌菜，米糕，干海带，从感激不尽的老妇人手中买了下来。

又来到外面，明亮的阳光照得我眼泪哗哗的。两个男人坐在杂货店门前兴致勃勃地聊天，压根没注意到我的存在。他们谈到战争，以及日本军队如何才能在不多流血的情况下多快好省地占领南方。他们俩谁都没有提到中国人的牺牲，而这个数字是如此庞大，如此不可思议，可能得让收音机里那个声音刺耳的女人花上好些天才计算得出来。

1938 年 10 月 5 日

今天早晨我起床的时候，想去游泳。自从在沙滩上最后一次见过惠子，已经过了好几个礼拜了，我感觉她的影子似乎已经消散无踪。离开家的时候，空气中隐隐有一股寒意。炎热的夏季已经给凉风习习的秋天让了路。空气中有一股伤感的意味，咸海水的气味和腐败的花朵、落地的水果味混杂在一起。我径自走下小路，翻过沙丘向海边走去，尽量不去想任何让人沮丧的事情。风急浪涌，白涛阵阵，波澜壮阔。

我脱掉衣服，慢慢走进水里。海水跟几周前相比已经凉多了。我一开始还有点犹豫，接着就一跃而入，任冷水刺激着身体，唤醒自己。等我完全在寒冷中麻木之后，才开始游泳，继而又随波逐浪地退到岸边，好像自己是一片没有生机的海藻。有时候想到自己是如此脆弱无力，真是令人震惊。

我回到家时，麻津给我留了张便条，说是进村了。游完泳之后我从头到脚都很麻木，所以便决定洗个热水澡。后屋的木头浴桶闲置着。我灌满水，像麻津一遍又一遍做过的那样，点燃了下面铁盒子里的煤。接着，我把身体冲洗干净，开始泡澡。

麻津回来的时候，我还在泡着。等我有一天回到香港的时候，这将是我念念不忘的诸多习惯之一。

“你怕是要中暑了。”他说着，从厨房里走出来，手里拿着几份报纸和几封信。

“这样感觉好极了。”我答道。

“看样子它们好像是一次性到的。”他说着，将一封信揣进口袋里。“是富美子寄来的。”他补充道，一边把剩下的一叠放在离浴桶几英尺开外一块有棱角的石头上。有两封信。

我赶紧从热气腾腾的水里起身，冷空气挟裹着我的身体，让我从头到脚都起了一层鸡皮疙瘩。我跨出浴桶，擦干身体，套上裤子和衬衫。麻津已经在后面忙着收拾树叶，不再理我。于是我抓起信件，赶紧进屋。

我没有进自己的屋子，而是坐在厨房的餐桌旁——就像我以前上百次目睹麻津埋头阅读一本杂志那样。两封信，一封来自金，另一封来自我父亲。我实在太久没有收到金的信了，迫不及待地想知道他的近况。这封信是两个月前从广州寄出的，我撕开信封。

1938年8月2日

亲爱的斯蒂芬:

我打赌,你一定认为我已经把你忘了吧。好吧,你没那么幸运!只是我们这里已经变得非常艰难,在灯火管制的情况下,学习和写信都成了一门艺术。我是不是该嫉妒你那里,在海滩上,远方永远不会有连续不断的炸弹爆炸的威胁。不要笑,现在它们已经成了我梦中背景里的闷雷声。

言归正传,这里的形势十分紧迫。所有的东西,从大米到茶叶到肥皂到厕纸,都得定量配给。我终于发现过去考试有关的东西能派上点用场了!不过岭南大学的学生人数已经屈指可数。大部分的人只要能够,都已经回到澳门或者香港去了。我写信来是要告诉你,斯蒂芬,如果一切顺利的话,下个礼拜我终于也要去香港了,那么等你回来的时候,我们就能如期见面了。把这封信寄到日本来,好像有点滑稽,因为每天早晨睁眼之后,晚上闭眼之前,我们都诅咒它。更确切地说,如果远方的爆炸声能让我们入睡的话。

不过,你现在怎么样?我已经很久没有你的消息了。我都不敢确定你是不是过得太好连老朋友都想不起来了,或者是不是邮件不能送达。无论如何,等将来见到你,我们一定都已经长大了。

哦对了,你还记得洪薇安吗?小学时候的漂亮女孩?上个礼拜她死了,一颗炮弹打中了她住的公寓楼。这让人意识到我们的生命是多么脆弱。

我想念你,我的朋友。盼望着我们在香港重逢的那一天。

多保重，

金

我努力回忆洪薇安长什么样。但怎么都想不起来，这让我心绪难宁。好几个女孩的样子出现在我的脑海里，但是我不能确定洪薇安就是其中之一。想到她已经被遗忘了，一种负疚感，紧接着又是深深的悲伤攫住了我。

我读着金的来信，希望他已经安全回到了香港。他也许在打板球，或者在湾仔吃面，又或者在市中心看电影。无论如何，我突然渴望也能做同样的事情。我已经有一年多没有见到家人和朋友了。我盼望跟每个人一样生活，但是我却好像一个异乡人，无处可依，无家可回。

我开始读报纸，所有的头条都在说同一件事情。日本皇军继续扫荡中国，日日挺进。我把报纸扔到一边，才想起来还有一封父亲的来信。我小心翼翼地打开，他所写的跟我想象中的一模一样。开头千篇一律，询问我的健康状况，希望我的身体继续好转。剩下的我基本跳过去了，心想他要说什么我都知道，这只不过又是一封例行的信罢了。但是最后一段话引起了我的注意：他得到东京出一趟短差。“我会从神户坐火车去东京待几天，有时间在那里游玩一下。”接下来的一行字我浏览了好几遍，才弄懂了其中的意思。“你有兴趣一起去吗？”他写道。

1938 年 10 月 11 日

我写信给父亲，告诉他我很乐意陪他去东京。今天上午他发回电报，说他也很高兴。

我不记得小时候是否跟他单独出门旅行过。我依稀还记得自己曾置身于某个巨大的自由市场，到处人声鼎沸，鸡在啄食，瘦得皮包骨头的狗在我腿边嗅来嗅去。空气中有一股强烈的香火味和咸鱼味。我紧紧抓住一个男人的手，被他牵着穿过人群。我把那只手拽得紧紧的，连指关节都紧张得麻木了。我生怕走丢，害怕在人群、噪音和气味中迷失。即使到现在，我也不能确定那是否就是我父亲的手，或许我抓住的是一个仆人，也有可能是我的一个叔叔。正是这一只温暖大手，拉着我使我免受任何伤害。

1938 年 10 月 19 日

昨天我们去看望佐知子。我想在走之前再去看看她。我们到的时候，她正在村子里，刚刚从田中家出来。她看着我们朝她走过去，不由得嘴唇微启，向上一弯露出微笑来。我们朝她的屋子走去，空气中充满淡淡的桉树香。我跟佐知子说起自己的东京之旅，她一下子沉默了——眼睛里闪烁着向往。我意识到，她长年与世隔绝，大千世界已经遗弃了她，五彩斑斓和馥郁芬芳对她而言只是一场梦。我正要说点什么，但麻津已经转移了话题，他朝佐知子靠近了一些，任她柔软的和服轻拂着自己的臂膀。

今天麻津送我去火车站。父亲会在神户火车站等我，这样我们就能够马上出发去东京，在那里待上三天时间。我只带了一个小提包，这是我们走到垂水时，麻津执意要我带上的。在站台上候车的时候，麻津踱起步来。在人来人往的地方，他总是显得紧张不安。

列车终于缓缓到站了，麻津把包递给我，赶紧退后，似乎生怕跨越那条把我们隔开的分离线。他一言不发地塞给我一张纸条，上面写着富美子的电话和地址，以备急用。我鞠了一躬，上了火车，等我找到座位朝车窗外看出去的时候，麻津已经不见了。

火车隆隆地上路，一刻不停歇地朝神户方向开去，我意识到这是一年多来我第一次离开垂水。车身摇摆晃动，一会儿我就犯起困来。昨天我没怎么睡着，自顾自地想着东京街头是什么样。我记得我们一家人曾经一起去过那里，但那时候我还太小，根本欣赏不来。东京看起来跟香港没什么两样，拥挤，堵塞，到处都是人群和闪亮的霓虹灯招牌。父母夜夜歌舞升平，我们这些孩子则跟清一起留在宾馆里。清总是以不变应万变。她只愿意吃中国菜，于是她用广口瓶和陶罐带上了自家的白米饭，豇豆，莲藕，酱油鸡。我们的房间里很快就菜香四溢，如果闭上眼，我们简直分辨不出自己到底是在东京还是在家里。

我把头靠在座椅上，想着再过几个小时就要见到父亲了。我思忖着三天时间内我们会聊些什么，有那么一会儿，心里有点打退堂鼓。但是，过去的一年如果说我们有所收获的话，那就是学会了如何避开复杂的话题。而母亲则总是开门见山，直言不讳。

火车抵达神户，我已经睡了一小会儿，盼着见到父亲。我拎着包，跟在别的乘客后面下了车。车站喧嚣嘈杂，拥挤不堪。刺耳的喇叭声播送着火车到站和离站的信息。我寻找着父亲，终于看到他了。他站在远离人群的一个角落里，旅行皮箱和公文包放在身边。一看到我，他就高高直直地举起手，就好像在课堂上回答问题一样。

"爸爸。"我放下包，朝他鞠躬。

"你气色不错，"父亲欣慰地说，"离我们那趟车出发还有一会儿。我们去喝点东西。你饿了吗？"

"麻津给我带了点米糕，"我说，"不过我很想喝点什么。"

父亲笑了，弯腰去提行李，不过我抢先抓住了皮箱。他带着我穿过人群，我注意到在车站附近巡逻的士兵比一年前多多了。我们经过的时候，他们上上下下打量了我们一番，握紧了手里的步枪，不过倒没说什么。

我们进了车站附近一家小小的站吧，这里卖饮料、啤酒和零食。我们俩都要了咖啡。

"一路上如何？"父亲啜了一口咖啡，问道。

我把糖搅进咖啡，回答道："挺舒服的。真是难以置信啊，这是一年多来我第一次从垂水出来。"

"你现在比一年前离开这里的时候健康多了，"父亲补充说，"我看你胖了一些了。"

"我给你看看。"我说着，把夹克脱下来，好让他捏一下我的胳膊。我很自豪自己结实多了。

父亲紧紧抓住我的胳膊，哈哈大笑。“你快赶上亨利了。”他说。他指的是我的大弟弟。

“我感觉很好，爸爸。有时候我都怀疑自己是否真的生过病。”

父亲的手还停在我胳膊上，他又紧紧地一握。“赶紧喝了吧，”他说，“我们该上车了。”

1938 年 10 月 20 日

东京看起来庞大无比。昨天到达旅馆后，晚饭前我出去走了走。父亲有生意要处理，我正好趁机四处转转。我们住在银座附近，那是一条柳树成行的大街，比我以前看到过的任何地方都要奢华和壮观得多。宽阔的大街上，商店饭店鳞次栉比，巷弄纵横，商铺云集——跟这阵势相比，连香港也黯然失色。商店门口都垂挂着长长的布帘，用文字标示着每一家店的经营特色，从寿司、饺子到旅游纪念品和锡铁玩具，五花八门，应有尽有。男男女女，有的穿着和服，有的穿着西式服装，一路挤挤挨挨，推推搡搡，从这个地方拥到那个地方。跟动作缓慢的垂水村民相比，他们显得要敏捷和严肃得多。虽然东京的各类声响比香港要单调一些，但它们都一样疯狂。庞大的有轨电车沿着中央车道轰隆而过，西式喇叭车和人力黄包车在街上横冲直撞。卖面条的小贩站在手推车旁，吹起笛子，应和着木屐踏在人行道上的踢踏声。到处都是军车和成群结队的日本军人，他们虽然都很年轻，一脸兴奋，但不管怎么样，步枪松垮垮地挂上窄肩,还是有些气势汹汹。

我继续往前走。皇宫突然出现在眼前,雄伟壮观,庄严华丽。许多个世纪以来,它就矗立在东京的中心位置,里面住着天皇和他的家人。我围绕皇宫走了一圈,它的外城墙主要由木头和琉璃瓦建成,被围得水泄不通。少男少女们成群结队,为皇宫的规模庞大感到震惊不已——它的高度还算适中,但是它的辽阔令人叹为观止:绵延数十英亩,护城河与围墙层层环绕,里面除了皇室之外,还住着成百上千的宫仆和用人。整个国家都为一个人悍然赴战,万死不辞,而今这个人近在咫尺,感觉非常奇妙。

我从一群穿和服的年轻女子身边走过,她们聚在一起,坐在喷泉旁边的长椅上。她们一边安静地交谈着,一边用黑线将颜色鲜艳的碎布块缝起来。后来回到旅馆,我才从父亲那里得知,原来她们在缝“千人针”——一种用绣花布带做成的护身符,它们被剪下来缝在一起,送给在海外打仗的日本军人。

我们在旅馆附近的一家餐厅吃饭,父亲说这里有全日本最好的腌鳗鱼。我们要了蒸米饭分着吃。小小的屋子里拥挤不堪,人们高谈阔论,吵嚷不休。不一会儿我就听出来了,大部分话题都是围绕着中国的战争。连父亲在这里也不能说中文,而不得不用温和、克制的语调说日语。快吃完饭的时候,他告诉我,也许我应该在圣诞节前回到香港去。

“局势是不是不妙?”我压低了嗓子,用中文问道。

“你已经恢复得差不多了,况且你回到母亲身边的话,她会很高兴的。”他用日语回答道。

“香港安全吗?”我继续问他。我知道他通过生意上的关系能打听到一些事情，因此他比我们任何人都更清楚时局。

“到目前为止还算安全。”他回答道，这一次，说的是中文。

1938 年 10 月 22 日

昨日广州陷落了。消息是通过无线电传来的，通过旅馆的喇叭大声宣告。那一刻，所有人和事似乎都凝固了，大家都在侧耳倾听。经过几个月以来连续不断的轰炸，日本人出人意料地从大亚湾登陆。我想象着广州人会怎么样。

当时我和父亲正在吃午餐，听到这个新闻，我好像胃部被人出其不意地揍了一拳，饭店里的日本人为占领中国的最后一个主要港口雀跃欢呼，而我却感到无法呼吸，一句话都说不出来。父亲从面前的盘子上抬起头来，脸色悲伤。他慢慢地摇头，只说了一句话：“我们最好走吧。”

仿佛就这几个字，一切都已经改变。我知道离开东京的时候到了。我感到在这里格格不入。在去火车站的路上，我老觉得被人盯着。街上男男女女与我擦肩而过，即使他们低垂着眼睛，我也知道他们不可能不注意到，我跟他们不属于同一类人。

昨晚我在神户父亲的公寓里住了一晚。我们是搭夜车到的，得到第二天下午才能坐另一趟火车回垂水。朦胧的灯光下，跟父亲一起短暂独处感觉真不错。他坐在皮椅里，手里捧着一杯白兰地。他久久地凝视着窗外的夜色，我想他可能都忘了我就坐在他对面。直到最后，他抬起头来看着我，决定让我一个人先回香港。他还要在大阪再多待些时间，处理一些生意上的事情，同时也等着看看日本人下一步会怎么办。

麻津正在火车站等我。他看起来一副心神不定的样子，每次他只身一人站在那里的时候都这样，不过一看到我下车，他的脸上明显松弛下来。

“我接到你父亲的电报，说你要回来，所以就来接你，”他说着，接过我的手提包，“东京怎么样？”

“巨大，拥挤，”我回答道，“回到垂水，看到你真好。”我得承认，自己是多么想念他。

“你不在，家里也太安静了。”他说着转身就走。

“你一定听说广州的事情了。”我一边说，一边跟上他。

他哼了一声。

“我马上就得回香港了。”我说。

我想，父亲也许在电报里已经告诉他，下个礼拜我将坐船回香港。父亲觉得没有必要再等了，他能够买到回去的船票。

麻津只是看了我一眼，说：“我已经想到了。”

1938年10月24日

要做完自己想做的事情,时间似乎永远不够。我没想到离开垂水会如此艰难,一念及此我就会泪湿双眼。今天晚上麻津一边准备晚餐,一边在听收音机,我们听到汉口也被日本军队占领了。这些事情,发生得如此迅速,简直让人难以置信。麻津马上走过去把收音机关了。

"你明天想去山口村吗?"他问。

我几乎说不出话来:"是的,我想去。"

"我觉得你最好自己一个人去看佐知子。"他说。

1938年10月25日

今天下午,我发现佐知子在打理花园。我从偏门进去的时候,她正好抬头,不过她看起来一点都不吃惊。我带了在神户买的礼物给她。那是一只深褐色的花瓶,我用旧报纸包着。

昨天晚上,我梦见了佐知子。她浑身被绷带包扎起来了,孤单一人,奄奄一息。虽然她在奋力呼救,但是没有一个人来救她。我想知道麻津在哪里。在梦里,听不到一点声音,但是我能感觉到她的恐惧。

"斯蒂芬。"佐知子站起身来,鞠躬。她没有问麻津在哪里。

“我想把这个礼物送给你，”我一边说着，一边向她还礼，“麻津认为今天下午我单独来看你比较好。”我赶紧补充了一句。

佐知子笑了。“我深感荣幸。”我把花瓶递给她的时候，她又鞠了一躬。“什么事情让你大老远地赶到这里来，还一脸严肃？”

“我是来说再见的，佐知子阿姨。再过几天我就要坐船回香港了。”

我低头看石头，佐知子慢慢地梳耙着，一只手还抱着花瓶。过了一会儿她停了下来，站在那里沉默不语。她看起来是那么脆弱，我真想伸出手臂抱抱她。

“如果上苍眷顾我们，斯蒂芬，也许我们还有机会见面的。”佐知子说。她放下钉耙，朝我深深地鞠躬。她直起身来时，被毁坏的半边脸在阳光的照耀下散发着美丽的光芒。

我强忍着泪，碰了碰她的衣袖。“我知道会的。”这是我唯一能说的了。

紧接着佐知子弯下腰，捡起钉耙递给我，做了一个手势。我便开始用它在石子中梳理起来，拉回来，又送出去。石子发出哗啦啦的声音，听起来有一种奇怪的舒缓感。

“有些事情我一直很担心。”我退后几步，站在她的石海边上，说。

“什么事情？”

“如果麻津出了什么意外，谁会来照顾你？”我问。

“你为什么会这么想？”

“我梦见你总是独自一人。”我终于说了出来。

“我一直就是啊。”她毫不掩饰地说。

“但是如果麻津不在了，你又生病的话……”

“麻津迟早有一天会走的，或者也许我先走一步。不管怎样，我们中的一个都会很孤独。任何事情都无法保证，斯蒂芬。”

“但是如果麻津先走的话，你该怎么办？”

“我会尽我所能，度完余生，”佐知子说，她环顾花园，“看看，所有这些都会让我忙不过来。”她微笑着说。

我点点头，继续慢慢地梳耙石子。

“你用不着为我担心，斯蒂芬。我已经度过了美好的一生。”佐知子说着伸手握住了我手中的钉耙。“你已经给了我们一直缺乏的东西。”

“我不明白你的意思。”

佐知子的手紧紧攥着木钉耙。“你像我们许多年前失去的儿子一样。”

“你曾有一个孩子？”我惊讶地问。

“那是一次艰难的生产，最后他胎死腹中。”佐知子的话听起来沉痛不已。

“我很难过。”我听见自己说。

我无法想象这对她来说有多残忍。生活是多么的不公平，佐知子已经历尽沧桑，却还要承受如此惨重的打击。他们的生活也许可以因一个人而好起来，上帝怎么可以随便夺走这一切？一想到这，我就愤愤不平。在我的脑海里，我看见麻津手里托着死去的儿子，不得不把他埋进冰冷的泥土里，永远看不到他长大的那一天。

“请跟我来。”佐知子说，声音吓了我一跳。钉耙倒在我们站立的地方，她也顾不上了。

我跟着佐知子进屋，还在为她的话感到震惊不已。进屋之前，我脱掉了鞋子。熟悉的房间马上让我温暖过来，也缓解了我的焦虑。佐知子走到茶几旁，桌上摆着一只黑色的花瓶，她把里面的松枝拔了出来。接着她解开新的花瓶，又认真仔细地把松枝插了进去。花瓶放上桌，她退后几步，笑着说："它给这间屋子增添了生机。"

"很漂亮。"我赞同道。

佐知子转过身来又对我鞠躬。"再次谢谢你，斯蒂芬。"

我还没来得及开口，她弯腰倚向桌子，说："现在我想回送你一个小礼物，你一路带着回家去。"佐知子抓住我的手，伸出自己握紧的拳头，在我的手心里放进了那两粒发亮的黑石子——它们曾经属于友子，那是很多年前她们俩收集的魔法石。

今天我唯一一次跟佐知子说再见，是在刚刚到达她花园的时候。然而整整一个下午，这个终结性的词语一直在空气中回荡。我喝着佐知子为我泡的绿茶，吃了几块红豆糕，不时地确认那两粒光滑的石头是否还在我的口袋里。只要有机会，我就忍不住去看佐知子的脸，搞得她有时候不得不羞涩地低垂着眼睛。她依然美丽。傍晚的时候，她的脸慢慢地消失在越来越浓的夜色里，我开始悲伤起来。

1938 年 10 月 26 日

我整天都待在海滩上，在冰冷的海水里游泳，然后躺在远处一片被太阳晒得温热的沙滩上。再过几个星期的时间，海水就会很冷了，不能再游泳了。我试着想象，等我回到喧嚣的香港，生活会是什么样子，就像当初我曾想，自己不可能会适应这里的安静一样。不过，只要一想到回去，我就感到一阵窒息。

整整一天，我都想着再见佐知子一次。昨天我离开她的时候，好像我的一部分落在她那里了似的。我想，我得把那部分自己收回来，这样我的痛苦才可能减轻一点。我幻想着，如果自己留在垂水照顾麻津和佐知子，远离尘嚣，远离战争，独自过着安静的生活，会是什么样的情形。应该会很简单吧。

我睁开眼睛，抬起头，我想我是听到了远处有什么动静。我没当回事——我独自一人待在海滩上的时候，有好几次都出现了幻听，看到了幻觉，我以为也不过如此。我曾听人说，如果你真的想要什么，你的大脑就会创造出什么。而我正感觉孤单，需要有点陪伴。我坐起来，目不转睛地看着沙丘那边，引颈而望。我老以为会看见佐知子从那头出现，一路朝我小跑过来。不过我内心深处知道，这不过是一个白日梦而已——就像在等待一封永远也不会来的信。只有这次我没弄错，有人慢慢地出现在沙丘顶上。过了一会儿，我看到麻津在朝我走来，他拎着风吕敷，里面装着午餐。

1938 年 10 月 27 日

今天我开始收拾行李。父亲为我预定的一艘船三天后启程。

后天我就要赶火车去神户，第二天即乘船前往香港。我在垂水已经待了一年多了，这看起来似乎不可思议。但是在打包行李的时候，我惊奇地发现自己竟然收罗了这么多东西——祖父的画笔，陶罐，海滩上的贝壳。我原先带来的东西看起来膨胀了三倍。尽管如此，我还是希望把大部分东西打包进去，这样我和麻津就可以悠闲自得地度过最后一天。

祖父的房间里寂静而凝重。上午麻津给了我几只盒子，然后就在门口观望。父亲发电报通知我出发日期后，麻津一直没说什么。大多时候，我和麻津都不知道彼此该说些什么。他从这个房间晃到那个房间，努力让自己忙起来，但我知道我们俩都有点茫然无措。在我们眼里，房子似乎也变得陌生起来。麻津凝视着每一间屋子，就好像他已经看到它回到曾经的样子，寂静而整洁。

今天下午佐知子从山口村下山来，跟我们在一起。这真是梦想成真。嘎吱一声，大门打开了，她出人意料地走进花园里来了，整幢屋子一下子蓬荜生辉。不过，不知怎么地，看着她取下面纱，微笑着让麻津放心，一切都好，我们俩谁都不觉得意外。

她只说了一句："我只是想来看看斯蒂芬和你。"

我们谁都没有再问什么。

后来，等我躺上床的时候，我试图紧紧抓住我们晚上在一起的每一刻时光。佐知子为我们带来了一种奇特的轻松感。麻津有说有笑，轻松愉快。我们围坐在那张旧木桌旁，我目不转睛地看着他们。我希望佐知子能留下来过夜，但是她坚持要回山口村。麻津像往常一样陪她走回去。在大门口，佐知子深深地朝我鞠躬，没说一句话。直到屋子里只剩下我一个人的时候，我才明白，这一次，她是为了麻津才下山来的。

1938年10月28日

早晨我醒来的时候，麻津为我把早饭留在桌上，出门去了。他没有留便条告诉我他去了哪里，我不禁感到有点失望，以为我在垂水的最后一天，他竟然选择不陪我度过。不过这个想法很快就被证明错了，因为我听到花园的门打开了。我走到玄关，正好看见麻津走进来，手里拿着两个用棕纸扎起来的包裹。

“今天早晨我想最好早一点去村里买点东西。”他一边说着，一边朝我走过来。他举起一个包裹。“我去买了晚餐。”另一个包裹则夹在他腋下，显得格外神秘。佐知子来过之后，他显得开朗多了。

“我还以为你打算提前一天摆脱我呢。”我试图开个玩笑。

麻津的声音戛然而止。“我从来没有那么想过。”他说。

麻津做午饭的时候，我在祖父的书房里做最后的大扫除。画笔和颜料整整齐齐地放回盒子里了，空画布留给麻津去收拾，等我下一次来时再用。我抬头看着自己唯一完成的花园风景，从几个月前画完的那一天起，它就一直待在画架上。那时我就决定把它送给麻津。

吃过午饭，我把画恭恭敬敬地送给他，他不知所措地站了一会儿，然后朝我鞠了一个幅度巨大的躬，我差点以为他会倒下来。“我非常荣幸。”他马上说，眼睛很正式地直视着地面。

我朝他还礼。“它跟真正的花园比，不及一半好看，但是我想你应该会喜欢，”然后我趁机告诉他，“我想，任何人都没法像你把我照顾得这么好。”

他的目光一直没有从地上抬起来，然而他的声音清晰而有力。“有时候我想，事实上，也许正好相反。”他说。

下午，我们去了一趟多摩神社。对我选择去那里，麻津显得有些吃惊。我正对离开感到焦虑不安，想出去走走。我莫名其妙地觉得去一趟多摩神社也许能赐给我想要的平静。这一次，我通过三座鸟居后，就直接例行仪式——洗手，脱鞋，鞠三个躬——根本不需要麻津的提示。我到这个地方，并不是带着去祈祷的目的。我知道世界上所有的祈祷都不能阻止战争的继续，或者能让我的父母再次相爱。我只是想在祭坛旁边的墙上留下一张便条，跟其他所有充满希望的请求钉在一起，这样即使我再也回不来垂水，但跟我有关的东西却能保留下来。

1938年10月29日

昨晚麻津准备了鲑鱼，还有味噌酱拌黄瓜片。他以精细的手工准备饭菜，这常常让我感到痴迷。自始至终，他都在小口地喝着一杯啤酒,举手投足好像这不过是将来诸多个夜晚中的一个。我也想努力表现得正常一点,但是忧伤侵噬着我的胃,不断地提醒我,我要走了。

吃过晚饭,麻津并没有像往常那样收拾碗碟,而是像以前跟佐知子在一起的时候那样,坐在桌子边说话。我告诉他,希望自己一回到香港,就能继续开始上课。他说自己可能会去一趟东京,待几天,看看富美子。多少年来,她一直试图让他过去,现在也许是个好机会。我也同意,对他而言,现在正是去拜访的最佳时机。从那以后,他将和佐知子一起过日子,或许最终会搬到山口村去。他告诉我这些的时候,一直密切地观察着我,但我只微笑着报以赞许。

等我们结束所有的谈话,麻津站起来,从橱架上将我送给他的达摩吉祥娃娃取下来。他把它的脸朝向我,我看到他已经简单地画上了一只眼睛。"等你回来的时候,我会画上另外一只,"他说,"现在你得睡觉去了,明天你还有远路要赶。"

我起了个大早,悄悄穿过屋子,走进麻津的花园。秋天百花凋零,但那里还依然还保留着我将永远怀念的静谧之美。我在垂水最初的那些日子里,没有比坐在花园里更让我感到欣慰的事情了。置身其中,现世的生命好像已然停止,而另一个截然不同的生命承载着自己,独自美丽。我最后一次坐在池塘边,回忆如潮水般涌来。我已经知道一株开花的日本樱花树和哭泣的彼岸樱之间的区别。我再一次看见了佐知子——我受伤以后,她从山口村下山来,跟麻津弯着身子栽种一棵新树。我感觉惠子的白色花瓣从篱笆上倾泻而下,洒得我一头都是。当这些画面在我脑海曲折萦回时,我突然听到一阵风嚣叫着,鬼哭狼嗥般穿过竹篱。

我正要进屋,却听到前门发出一声轻微的响动。我已经习惯满怀希望地去察看这些奇奇怪怪的事件,倒还希望他们可能是真的。我循声站起来,蹑手蹑脚地朝门口走去,这样无论它是什么或者是谁,自己都不至于被吓着。在竹林之间看不到任何影子,我紧张地等待着它再次发出一声响动。但除了风声之外,没有什么不寻常。我抓住门把手,迅速打开。路上空空如也。但这一次确实是惠子来过了。门上挂着一朵夹扁了的白花。

同一条路即使走了成百上千次,每次也有不同的发现。我们出发去火车站的时候,天阴沉沉的,乌云密布。空气很沉重,像是要下雨。破天荒头一遭,我们前面的路看起来黑暗重重,险象环生。灰色的海浪重重地拍打着海岸,发出震耳欲聋的响声。我使出浑身的力气最后看了花园一眼,麻津在我们身后关上了门,然后他快步上了路。即使双手都拎着我的行李,他也没有放慢脚步。

等我们到达车站时,天空已经开始飘起了细雨。我和麻津放下大大小小的箱子和盒子,一言不发地候车。我口干舌燥,心里思忖着我们最好还是不要交谈了吧。我甚至咽口水都觉得困难。突然,我希望麻津立刻就走。他等在这里只会让一切更糟糕。

"你何不趁雨下大之前回去呢?火车随时都会来。没必要我们俩都在这里等。"我说着,艰难地吞吞口水。

麻津很不自在地环顾车站四周。"那这些盒子怎么办?"

"我会叫搬运工来帮忙的,"我回答,"你最好走吧。"我努力说道,嗓音嘶哑。

麻津看看我，明白了。“我想你会没事的，斯蒂芬。”他鞠了一躬。

不过我没有还礼，而是等麻津站直身子后，伸出手臂去拥抱他。有好一会儿，他只是待在原地，一动不动，但我一点也没有退缩，直到他抬起手臂朝我环绕过来。

这时我才放开了他。“那么，我们会写信的。那个，你会照顾好佐知子的吧？”我问道，我的声音听起来调门很高，也很幼稚，好像在恳求保证。

“一如既往。”他回答道。

我想着他曾是一个多么好的父亲。“我希望战争……”我努力想说点什么，却找不到合适的话。

“那是另一种生活。永远不会跟我们有什么关系，”他说，“祝你一路平安，斯蒂芬。”

麻津深深地鞠躬，然后盯着我看了好一会儿，走了。走到月台边的时候他停下来。我很想跑过去追他，但是我的腿却动弹不得。我只能探身向前，目送他在我的视线中消失。

我在火车上坐下来，想放声大哭。窗外，冷雨敲打着车窗。虽然火车只是半满，但车厢里感觉又热又闷。人们纷纷落座，直到这时我才发现行李中间夹着一个棕色的小包。我马上就明白这是麻津送的。解开包装纸，发现两本黑皮的精装笔记本。里面没有便条。我随手摩挲着厚实、柔软的皮封面，然后翻动空白的纸页。火车轰隆轰隆一路开往神户，带着我离垂水越来越远，我取出钢笔，打开一个本子，开始奋笔疾书起来。